U0559813

守书人文丛

两半斋续笔

俞晓群　著

ZHEJIANG UNIVERSITY PRESS
浙江大学出版社
·杭州·

图书在版编目（CIP）数据

两半斋续笔 / 俞晓群著 . — 杭州：浙江大学出版
社，2024.2
ISBN 978–7–308–24610–1

Ⅰ.①两… Ⅱ.①俞… Ⅲ.①随笔—作品集—中国—
当代 Ⅳ.① I267.1

中国国家版本馆 CIP 数据核字（2024）第 006923 号

两半斋续笔

俞晓群　著

特约策划	草鹭文化
责任编辑	周红聪
特约编辑	董熙良
文字编辑	程江红
责任校对	张培洁
装帧设计	草鹭设计工作室
出版发行	浙江大学出版社
	（杭州天目山路 148 号 邮政编码 310007）
	（网址：http:// www.zjupress.com）
排　　版	上海碧悦制版有限公司
印　　刷	北京中科印刷有限公司
开　　本	787mm×1092mm　1/32
印　　张	11.5
字　　数	125 千
版 印 次	2024 年 2 月第 1 版　2024 年 2 月第 1 次印刷
书　　号	ISBN 978–7–308–24610–1
定　　价	72.00 元

序

"肉体的夜晚正是灵魂的白昼"

王　强

　　沈公生前称晓群兄为"三栖达人"，谓其能悠游于"数学""出版""随笔写作"三界（著有《数与数术札记》、三大卷《一个人的出版史》、十余册关于书人书事及阅读的文集）。近日，我的阅读书单里平添了一部《五行志随笔》，这是他钻研二十余载后扎实结下的诱人果实。书虽谦卑地名曰"随笔"，然其"往往别具只眼，见他人之所未见，言他人之所未言"（江晓原语）的厚重蕴藉，凿凿实实从民族漫长历史的隙缝中，拈出一幕幕思想与现实之间隐而不显却又神秘辉映的"生命不可承受之轻"。如此，携《五行志随笔》，晓群兄已遥不可追地淬炼成为"四栖达人"。

为其新著《两半斋续笔》，晓群兄索序于我。我两人相识相知虽不可谓不久和不深，然充其量作为"两栖"存在的我，有何资格面对企及了"四栖"存在的他，还要对他文字的江山来通胡乱的评点？好在"序"的意思大致是"有话说在前面"。因之，对我而言，排在他文字登场前的我心里想说的某些话，便不必越俎代庖，非将之后他正文的"真身"用我不见得高明到哪里的话提前絮叨它一遍。

我心里想说的话究竟是些什么？

四下里寻找灵感的救兵之际，我忽然想起意大利语中有个表达"前言"或"序"的词cappello。这个词的另一常用之义是人们日常所戴的"帽子"（hat, cap），而这"帽子"竟不费气力，替我唤回了史密斯（Logan Pearsall Smith）1922 年散文集《零碎二编》（*More Trivia*）中描述外在衣装与人之关系的那段妙文——

我打量着挂在门厅处的我的那件外套和那顶帽子，心里充满了宽慰。因为虽说今天我步出房门之时伴随我的是一种个性，而昨天我的个性全然是另外一种，但我的件件衣装将我各个不同的自我扣在一起，令它们能够貌似成为一个全整的人，若非这样，所有这些心理现象的蕴集本来是没有办法彼此协调相融的。

也许，放过晓群兄文字之"真身"（收入集中的三十七篇随笔）再明智不过。单说那文字"真身"栖居的门厅（他的"两半斋"）处挂着的且为我所见的他的"帽子"与"外套"？说不定，这"帽子"与"外套"反倒更能将过去二十余年他显现给我的"各个不同的自我扣在一起，令它们能够貌似成为一个全整的人"。

然而，相识至今，我记忆中从未留下晓群兄戴过帽子的印记，哪怕是北方的寒意降到众人难以抵抗的地步。大概他刚毅、通透的心灵懒得遮盖一切，包括扑面的冰冷和他发丛里渐渐钻出的灰白。

那就略去帽子，说说外套。

他的确是有外套的。他的外套虽不讲究却不可或缺，而且远不止一件。一个靠思想和文字安身立命的出版大家和勤奋读书人，其肉身与心灵栖居于斯的书斋，何尝不是温馨、宁谧，包裹住他"各个不同的自我"的一件"外套"？何况，他真真切切对书的"外套"（装帧）有着令人难以想象的痴迷。从这一角度着眼，"两半斋"这件"外套"，去掉其写实的成分（谓其藏书分为两半存放），还真担当得起将其主人"各个不同的自我扣在一起,令它们能够貌似成为一个全整的人"这个不小的抱负。容我一一道来。

"两半斋"与晓群兄的"自我1"。

有"两半"必有"整一"。整一拆为两端故得两半。出入于"数术""五行"的晓群兄对《周易》烂熟于心,其"两半斋"莫非在在提示着"卦"与"爻"的神髓?因为,"观变于阴阳,而立卦;发挥于刚柔,而生爻"。"一以贯之",则为阳爻,阳爻"—"音读为"壹";"拆一为二",则为阴爻,阴爻"--"音读为"拆"。如是"一以贯之"与"拆一为二"的循环往复构成了万事万物生生不息的奥秘。"两半斋"试图探及的难道是天地之为两半、阴阳之为两半、刚柔之为两半的分分合合及其在尘世间纷繁的投射?

"两半斋"与晓群兄的"自我2"。

"两半"未尝不可解作"二元"。海德格尔尝论人的思维模式具"二元性"。"精于计算"（calculating）为思想之"一元"，"耽于沉思"（reflective）亦为思想之"一元"。此两种模式均合理和必要，却彼此不相包容。前者关注的乃是"可造作性"（makability），后者关注的乃是"意义"（meaning），而在当今时代，前一种思维模式一统天下。海氏担忧人将比以往任何时候都更易遭到"无思想态"（thoughtlessness）的威胁，遭到"飞离思想"（the flight from thought）的威胁。若仅仅思考可行的东西（the practicable），思考能造作出来的东西（what can be made），人就面临着忘掉深思自己和深思其存在意义的危险。涉及出版，涉及装帧，晓群兄必挣脱不掉俗世"可造作性"的律令，但勤奋多产的写作和精深独到的研读则令他从容直面"飞离思想"的威胁。"两半斋"于他不是思维模式的"二元"分裂，而是对此"二元"的警醒、对此"二元"的征战、对此"二元"的超越、对此"二元"的调伏。

这就不难理解，痴迷于书装的他从不把书籍与书籍的装帧视为绝然分离的两半。他是真正探得"装帧"（binding）一词堂奥的出版家，因为在他的境界里，通过"捆绑"，装帧其实是将事物不同维度的"两半"在另一个崭新维度里美妙地"合二为一"。它既把物质性的东西"捆绑"在一起，也把文化中不同的领域和元素"粘合"在一起。它既是手工艺材料和技法的结合，也是空间、内容与想象力的结合。它既同文本的作者"粘合"在一起，也通过特殊市场与收藏者"粘合"在一起。换言之，"装帧"不仅将书页、字体、版式、书封、艺术同文字内容和谐地"捆绑"在一起，它最终还将形成统一整体的美丽的书册，同更为宽广的世界"粘合"在一起。在"书"与"世界"之间,"两半斋"像是一座连接的桥梁,对着这两端分别延伸开去,但它更像是一间美丽的"装帧工坊",灯火通明,毫无倦意,一步步实现着他的书装理想。

"两半斋"与晓群兄的"自我3"。

《荀子·解蔽》篇探讨了人的思想何以会被蒙蔽的问题。"凡人之患,蔽于一曲而暗于大理。"在荀子看来,蒙蔽的根源在于以一种思想的状态或视角消解其他思想的状态或视角,从而辨认不清真理本来的面目。于是,喜好会造成蒙蔽,憎恶也会造成蒙蔽;强调开始会造成蒙蔽,倚重结果也会造成蒙蔽;保持疏远会造成蒙蔽,过于亲近也会造成蒙蔽;追求广博会造成蒙蔽,耽于肤浅也会造成蒙蔽;厚古会造成蒙蔽,薄今也会造成蒙蔽。为根除思想认识的蒙蔽所必然导致的祸患,荀子开出了他的药方——"无欲无恶，无始无终，无近无远，无博无浅，无古无今，兼陈万物而中县衡焉"。不执着于任何片面而分辨事物，经由广泛的分析、比较和综合，悬立判定是非的标准，然后如实全面地把握事物及事物间的关系。值得注意的是，荀子此篇涉及"心"的认识过程的"两与一"。"心生而有知，知而有异，异也者，同时兼知之。同时兼知之，两也；然而有所谓一，不以夫一害此一谓之壹。"心能辨别事物，辨别时且能同时分辨事物的差异，这即心的"两用"。但心还有一种状态叫"专一"，即不让对一种事物的认识妨碍对另一事物的认识。

晓群兄的"两半斋"，不正借助于他的一篇篇随笔，实践着"一半无欲、一半无恶，一半无始、一半无终，一半无近、一半无远，一半无博、一半无浅，一半无古、一半无今"这一调理认识偏颇的"处方"。翻阅着此集收入的三十七篇平和、敞亮的文章，我似乎渐渐清晰地瞥见了"两半斋"主人伏案的身影，他以"专一"统御着"两用"，在心的虚静中，"坐于室而见四海"。

"四海"这个意象不经意间令我忆起多年前晓群兄常穿的一件外衣，外衣左胸口处用颇为考究的深色丝线绣着一叶逆风扬起的三角帆。那时的他，意气风发，浑身充盈着旺盛的激情和斗志，活脱脱像是刚刚步出捷克作家赫拉巴尔《河畔小城·甜甜的忧伤》的书页，一脚踏进我辈苟且于斯的俗世——

我大步走着，谁都没看见，也不知道我胸前刺了一只小船。它将永远伴随着我，我走到哪里，它就漂游到哪里。等我哪一天去游泳，仰泳的时候，小船的船头就会划破河面跟我畅游。当我忧伤的时候，我将像画片上的耶稣那

样撕开衬衫，向众人展示那颗被荆棘环裹着、燃烧着的心。（星灿、劳白译）

此刻，怕是他已然彻底挥别了我曾目睹过的那款时尚外衣。我没有向他求证这点，也用不着向他求证这点，因为我有十足的把握可以断定，无论到了什么样的岁月，只要晓群兄还能纯粹忘我地挥笔于他那间"肉体的夜晚正是灵魂的白昼"（A. S. Raleigh, *Dream Life*）的"两半斋"，他那只渴望划破思想河面的小船，一定会深深刺在他畅游前行的胸前。

目 录

：

陆费逵先生家世、早教及其他

一九四一年七月七日中午，陆费逵先生在香港家中会见客人。下午三时许，他感到浑身酸痛，大汗淋漓，躺下来枕头、床单都湿透了。当时陪伴在身边的女儿陆费铭琇，焦急地询问父亲怎么了。陆费先生说没做什么，只是谈话时，客人劝他抽了一支小雪茄。第二天陆费先生依然感觉不好，他半夜起来，开始整理中华书局的账册，又给夫人写下遗嘱。九日清晨，陆费先生从浴室中出来，心脏病发作，突然倒地，从此长眠不醒，时年仅五十六岁。

就这样，一代中国百年教育改革的先行者，一颗中国现代百年出版业的文化巨星，从浩瀚无际的夜空之中，猝然陨落。他给我们留下的记忆，是四十年从事教育与出版事业的辉煌经历，是一篇篇优秀的政论与教改文章，是一所所他参与兴建与主持的新式学校，是一套套他组编或亲自撰写的图书。更为耀眼的业绩，是他在民国元年创办的中华书局，他远见卓识，历尽艰辛，在不太长的时间里，建造出一艘中国文化出版的巨型轮船，给我们留下许许多多优秀的文化典籍，如《四部备要》《古今图书集成》《中华大字典》《辞海》等，还有各类中小学教科书，各类期刊，以及规模庞大的各类图书。他使中华书局成为百年以来，中国出版业名列前茅的双雄之一。直到今天，我们依然可以看到，中华书局生生不息，他们承继前贤，不忘陆费逵先生当年留下的产业精神与文化遗产，还在陆费先生的家乡浙江桐乡建立伯鸿城市书房，设立伯鸿书香奖。

但可能是陆费逵先生离开我们的时间太久远，可能是他的人生之路过于短暂，也可能是在理想与现实之间，陆费先生的人生轨迹，更偏重于一位实业家的塑造。在我们的视野中，能够了解到陆费先生的信息，实在是太少了。或者说，许多事情的认识，仅限于人物介绍的层面：我们知道，陆费逵字伯鸿。陆费是复姓，《百家姓》上没有，明末出现于浙江桐乡。陆费一族本姓费（读 bì），明代时，其先祖出嗣舅父陆氏，遂冒陆姓。后费氏一支无嗣，为兼祧两家，改姓陆费。我们知道，陆费逵先生的五世先祖陆费墀，曾为《四库全书》总校官，他曾在浙江桐乡建枝荫阁，藏书极多，后来毁于兵乱。我们知道，陆费逵先生的母亲吴幼堂，有言她是李鸿章的侄女，很有才华。陆费逵早年未入学堂，只是由母亲在家中教育五年。"幼承庭训，与经史各籍无不研读。教授法以讲解为主，且循循善诱，不喜责挞，以易于领悟为要旨。"（陆费执《陆费伯鸿先生传略》）我们知道，陆费逵先生天资超群，勤奋好学，成年之后，同人们评价他才智过人，人品端正，有"大头"之戏称。

当然，我们更知道，陆费逵先生二十三岁时，曾在上海商务印书馆做事，五年后自立门户，所创中华书局，在商业上始终是商务印书馆的强劲对手。有观点说，中华书局的兴起，一直秉承着追随与追赶商务印书馆的产业精神，在此基础上改革创新，最终成为出版界名列前茅的企业。也有观点说，中华书局始终缺乏创新的能力，许多产品都是模仿或追随商务印书馆的结果。我认为，后一个观点有失公允。在产业林立、竞争残酷的商场，追随本来就不是什么坏事情，也不是一件容易做好的事情。何况在陆费先生创业的背后，还隐藏着许多无人知晓的故事。比如在他逝世的时候，时任商务印书馆总经理的王云五先生，曾在《悼念陆费伯鸿》一文中写道：商务与中华，"经过剧烈的正当竞争后，彼此认识因之较深，渐转而为精诚的合作。在后几年间，我对于（陆费逵）先生之诚恳态度的认识，也正如在以前对他所持的怀疑态度，简直是一样的程度"。

深一层思考，作为一位成就斐然的实业家，陆费先生个人留下的文字不多，而且他的文章大多短小精炼。再者时光流逝，人们留下的记忆也不是很多，许许多多的事情，人们都知其然，不知其所以然。在这样的背景下，我们的脑海中，自然会有许多问号浮现出来：陆费先生的祖辈何以辉煌、何以中落？他为什么从未上过正规学校，只是家教七年，而后自学，就能够有如此才华，如此见识？他为什么有勇气与能力，创立中华书局，不断推出新的产品，创造新的业绩？

在此，我想从两个方面，深入挖掘一下陆费逵先生的思想源流：一是他的五世祖陆费墀的故事，再一是他早教的故事。

五世祖陆费墀

在陆费家族的先祖之中，陆费逵先生最崇拜他的五世先祖陆费墀。关于陆费墀的身世，其小传有记："陆费墀字丹叔，号颐斋，清桐乡人。乾隆乙卯南巡，召试一等，特赐举人，授中书。丙戌，传胪官至礼部侍郎。未几，卒。读书自经史百氏外，旁及堪舆、医卜、数术、方技之学，靡不究晓。精鉴赏，凡彝鼎、图书、碑刊、缣素，入手辨真赝。书法得力颜平原。诗宗唐少陵，宋苏、陆两家，能自出新意，不落前人窠臼。"

在《增辑〈四部备要〉缘起》一文中，陆费逵先生写道："先太高祖宗伯公讳墀，通籍入词林。《四库全书》开局，以编修任总校官，后任副总裁，前后二十年，任职之专且久，鲜与匹焉。晚岁构宅于嘉兴府城外角里街，颜其阁曰枝荫，多藏《四库》副本。洪杨之乱毁于火，今者角里街鞠为茂草矣。"在此文的后面，陆费先生还附上一段"附志"，更为详细地讲述了先祖陆费墀的故事。综其要点：一是《四库全书》开局，陆费墀即任总校官，后来乾隆皇帝称赞陆费墀承办《四库全书》与《四库全书荟要》有关事宜，"颇能实心勤勉，且其学问亦优"，因此得到奖赏。二是因为馆中的书有"应毁未毁"，以及底本未移交明白等问题，陆费墀受到革职留任、自费赔偿的处罚。后来又因为杭州文澜阁中的书排架错误，陆费墀被重罚一万两，未几去世，年仅六十岁。三是因为陆费墀在京寓所失火，陆费墀《全集》被焚毁，继而甪里街别墅枝荫阁又遭遇洪杨之变，著述荡然无存，从此家道没落。四是陆费墀主持《四库全书》编纂工作十七年，一直勤勤恳恳，辰入酉出，寒暑不懈，每有会心，手抄节录，若急饥渴云云。虽然馆中还有很多职员参与《四库全书》的编纂工作，但真正与《四库全书》相伴始终且出力最多的人，唯有他的先祖陆费墀。

以往人们对于陆费逵先生出版生涯的研究，谈到他的先祖陆费墀，大多是以陆费先生上面这一段文字为依据的。可以说，关于陆费墀的故事，就内容而言，陆费逵先生的自述基本准确，但我们还可以站在书籍史与文化史的角度，翻看一下《四库全书》编纂的历史，那里记载了更多的历史资料，使我们可以从更为丰富与客观，乃至负面的角度，读到更多的故事，从而得到更为深刻的认识与推断。这方面的文章典籍很多，如《陆费墀:〈四库全书〉总校官》（高云玲）、《四库全书问答》（任松如）等。此处整理出几段，将其与陆费逵先生的自述，做一个点对点比照，从中可以得到一些新的启示。

一是《四库全书》开馆时，乾隆皇帝已经六十二岁了，他担心看不到《四库全书》竣工，因此让人从中择取精华，编纂成《四库全书荟要》。在这项工作中，陆费墀主要负责《四库全书荟要》的校对、核查其缮写与誊录等事项。因为此书是专门给乾隆皇帝看的，所以陆费墀与誊录官、纂修官都非常用心："每校订一书，陆费墀都详列著者年代、官职、里籍、姓名，缮写所用底本，以及校勘所用版本，并将诸本异同之处列为条目，附于每册之后，名曰《考证》。"（史志龙《陆费墀与〈四库全书〉》）乾隆皇帝拿到书后，发现缮写认真、考证严谨、校勘精确，非常满意。

二是自乾隆三十八年，《四库全书》开馆，直至乾隆五十五年去世，陆费墀入馆十七年，"辰入酉出，寒暑未尝稍懈。职员中与《四库全书》相始终而实际任事最力，经理出自一手者，殆陆费氏一人也"（任松如《四库全书答问》）。

三是在乾隆四十五年，王杰任武英殿总裁时，曾参奏陆费墀遗失《四库全书》底本四五百种。乾隆命大臣英廉、金简等审查。经过调查发现，遗失底本三十余种，遗失的原因是广征天下书籍，卷帙浩繁，收发不清，加之人员冗杂。陆费墀并没有私藏书籍，或者以此牟利。乾隆皇帝惩罚陆费墀"销去加一级，免其降调"。

四是乾隆四十六年十二月，第一部《四库全书》终于抄写完毕，装潢进呈。接着又用了近三年的时间，抄完第二、三、四部，分贮文渊阁、文溯阁、文源阁和文津阁珍藏，是为

"北四阁"。乾隆四十七年至五十二年，又抄写了三部，分贮江浙文宗阁、文汇阁和文澜阁，是为"南三阁"。书成之后，乾隆皇帝发现，在缮写、誊录与校订等方面，全书漏洞百出，讹谬丛生，当删不删，该毁未毁。因此乾隆皇帝非常生气，严厉惩罚总校官陆费墀，"南三阁"所有页面、装订、木匣、刻字等项，全部命令陆费墀自己出钱筹办，而且不让盐商等承办，以防陆费墀从中牟利。接着将陆费墀革职。陆费墀受此打击，不久便抑郁而死。他死后，皇家又籍没其家产，仅给其子孙留一千两作为生活费用，其余全部作为添补"南三阁"办书之用。而总纂官纪晓岚、陆锡熊与陆费墀一样，实际负责《四库全书》的编修工作，但他们却没有受到如此严厉的惩罚。

五是乾隆五十五年，陆费墀死后，乾隆皇帝依然耿耿于怀，下旨称："陆费墀本系寒士，家无担石，向在于敏中处藉馆为业，谅不过千金产业耳！今所办三阁书匣等项，及缴出罚银一万两，计其家资已不下三四万，若非从前在四库馆提调任内苞苴馈送，何以有此多资。"（《纂修四库全书档案》）乾隆皇帝还曾作诗《题文津阁》写道："究因考核未尽力，薄用创惩示懈公。独有费墀牟利重，职镌其计叹非工。"（《清高宗御制诗文全集》）

以上诸事，《清史稿·陆费墀传》亦有记载："陆费墀，字丹叔，浙江桐乡人。陆费为复姓。墀，乾隆三十一年进士，改庶吉士，授编修。充四库全书馆总校，用昀、锡熊例，擢侍读。累迁礼部侍郎。书有讹谬，上谓昀、锡熊、墀专司其事，而墀咎尤重。文澜、文汇、文宗三阁书面叶木匣，责墀出资装治。仍下吏议，夺职。旋卒。上命籍墀家，留千金赡其孥，馀充三阁装治之用。"

史论认为，其实乾隆皇帝重罚陆费墀的根本原因，不仅在书的谬误，而且在于陆费墀与于敏中的关系。于敏中首倡编修《四库全书》之事，并且向乾隆皇帝举荐陆费墀。乾隆皇帝后来发现，于敏中勾结地方官员，贪污受贿，因此认为陆费墀倚仗于敏中，借修《四库全书》有牟利之嫌。说来陆费墀和纪晓岚二人，一生的主要精力，均在编修《四库全书》上。然而前者因《四库全书》而获罪，后者因《四库全书》而扬名，际遇迥异，令人叹息。

母亲的教育方式

　　研究陆费逵先生早年接受教育的状况，他在《我的青年时代》中写道："我幼时母教五年，父教一年，师教一年半，我一生只付过十二元的学费。"回到本文开篇处的问题，此处需要进一步追问：陆费逵先生为什么一生不入学堂？主要是他个人的意愿，还是母亲的主张？在早期的家庭教育中，父亲充任什么角色？母亲的教育，到底有什么特点呢？

先说不入学堂，需要说明，不是不入，而是曾经入过两次，但都时间不长，半途而废。第一次是在陆费逵先生五岁那年，母亲开始教他识字，后来因为母亲生病，父亲把他送到汉中府署花园内汉台上，那是当初汉高祖拜韩信为将的地方。陆费先生在《我之童子时代》中回忆："塾师甚严，我甚畏之。有时我淘气，师辄拧我耳。我恨极，非上课时，绝不登汉台。我母病愈，我仍由母教，不复入塾。"陆费先生一生文字清雅，尊重师长，此处罕见出现一个"恨"字，可见对一个幼童而言，"拧耳朵"之事刻骨铭心，一生难忘。第二次是在陆费先生九岁那年，又是因为母亲生病，父亲让他师从邻居刘先生学习《纲鉴》。后来陆费先生在《我之童子时代》中写道："我幼时，悉受母教。惟九岁一年，因母病初愈，出就外傅。业师刘姓，以能文名。初入学时，我极痛苦，后渐习之。年终求吾母曰：'明年仍在家守母教，不愿入塾。'母允之，自是遂悦学。"再者，此上面所言"师教一年半，付十二元学费"，说的就是邻居刘先生教授他《纲鉴》吧。

还有，在陆费逵先生的文章中，一共提到过三位老师。除去上面两位之外，还有一位朱虹父先生。陆费先生在《我青年时代的自修》中写道："我从小未有作文造句。先母主张多读、多看，不要勉强作文。后来随便写作，朱虹父先生（谢健之业师，四川名士）看见说道：'你很有思想，文笔也不错，不过不甚简练，你如高兴正式作论文，我可以给你改。'一共改了五篇。"

再说父亲的教育,陆费先生说"父教一年",时间很短,那么究竟是哪一年呢?应该是在他十二岁的时候。在《我青年时代的自修》一文中,陆费先生写道:"先父长于文学,书法及治印,因曾随侍先祖于汤阴,对于岳武穆尤有深刻印象,岳武穆词两首曾教我诵读,至今能背诵;课余命记典故、检类书、习尺牍,故我十三岁时文理粗通……"除此之外,陆费先生记叙父亲对他教育的故事不多,有几处与父亲的交往,基本上都是负面的:一是陆费先生五岁时喜欢秉烛夜游,被父亲禁止,因此"恨自己不能自制",其实有"恨父亲简单粗暴"的嫌疑。后来母亲与乳母帮助他自制蜡烛,让他感念。二是他十二岁时喜欢画画,父亲怕影响他读书,严令禁止,此时他再次"恨自己不能自制",每天起早偷偷习画。他十四岁时,邻居将他所画的绘屏四条挂起来,父亲看到了,不相信是他画的。这件事情，让陆费逵先生一生得意。三是陆费先生十二岁时，"父教一年"之后，他正式跟母亲说，希望不再按照旧有的方式读书。母亲非常了解他的自修能力，所以跟父亲商量，从来年正月起，听凭他自修学习。需要说明，陆费先生回忆父亲时，落笔一直十分谨慎。其实这里面还有一个背景故事，那就是他在《我的青年时代》中写道："我十三岁正是戊戌年，我那时勉强能看日报和时务报，有点新思想了，和先父的思想不免冲突；先母却赞成我的主张，于是便不照老式子读书，自己研究古文、地理；后来居然自习算学，并读格致书了。"

最后说母亲的教育，我读《陆费逵自述》，总结起来，此事出于三个原因：一是陆费逵先生本人的意愿，他极度厌恶去学堂读书；二是母亲对儿子的迁就，这里既有溺爱的因素，也有从天资到秉性，母亲非常了解自己的儿子的事实；三是母亲有学识、有胆识、有能力，敢于撇开正规学堂，亲自教授自己的儿子，通常的父母是不敢冒此风险的。至于母亲教育的高明之处，我却觉得，母爱与母教都在起作用，很多时候，可能母爱远远大于母教。下面我们把二者分开来讲述，不过爱寓于教，教寓于爱，在此意义上，两者也是分不清楚的。

先说母爱的故事，说起来大同小异，读进去各有不同。陆费先生回忆母亲，更多的是母爱，只是其中蕴含了教育的意义而已。一是他五岁时爬上房顶，于屋漏上书写"大王在此"，母亲见况担心他的安全，又怕他受到惊吓，不敢呵斥，急忙躲开，直到晚上才责怪他。二是他小时候有一次被厨子灌酒大醉，大喊"打死我也要饮酒"，母亲大怒，酒醒后，母亲告诫他饮酒的害处。三是他五岁时喜欢秉烛夜游，父亲不许，母亲与乳母帮他自制蜡烛，让他终生难忘。四是他五六岁时淘气骂人，母亲屡屡训诫不改，只有动手打他，母亲一边打一边落泪，他自此铭记在心，不再说脏话。五是他小时候暴饮暴食，不听母亲告诫，导致腹泻。六是他经常与母亲下棋，最初母亲让子很多，慢慢少让。七是他出门时瞒着母亲，让乳母背着他，母亲批评他表里不一。八是他穿新鞋很快踢破，母亲告诉他，会在鞋前加上云头，这样可以多穿些时间。九是母亲谈论他娶妻的事情时说，不要着急，儿子好，会有好姑娘找上门来；儿子不好，我们也不能害人家……

　　读着陆费先生这些零零碎碎的记忆，许多人都会感到有些熟悉，因为它们大多是寻常人家，做人做事的一些基本常识，其中充满了母爱与家教的传统观念。另外，陆费先生在《内庭趋侍记》一文中，还总结出母亲教育自己的八件事，略记如下：一是不许多吃；二是不许多着衣；三是说话要口齿清楚，不许说下流话；四是保持清洁，手污必洗，衣污必换；五是自己的事情自己做；六是不许取他人之物；七是兄弟和睦；八是冬日必须开窗，还要去户外沐浴阳光。

再说母教的故事，人们一直把陆费先生自学成才，归因于早年母亲对他的教育。其实在陆费先生原本就不多的文章中，关于母教的记载，更是少之又少。略举几例：一是他九岁时，母亲担心他在烈日下玩耍，奖励他习字，每写一张，给制钱一文。他最多时一天写五十六张，疲倦时诵读《纲鉴》。二是他九岁时阅读史书，见到"陛下负臣，非臣负陛下"一句，他把"负"字理解为"负重"，问母亲为什么。母亲说他理解错了，应该为"辜负"之义。三是他十三岁时，母亲同意他自修，研习新学。四是他十八岁时，

母亲鼓励他离家远行，说道："蓬矢四方，男儿之志，身体名誉，幸自保持。"(《内庭趋侍记》)

一九一五年，陆费逵先生的母亲去世，父亲命他作《祭先妣文》。陆费先生通宵达旦，泣泪沾衣，写下一篇长长的祭文。其中许多内容，都是在深情回忆早年母亲对他无微不至的关怀与教育："母之督率，宽严并用。黎明即起，起则早餐。七时栉发，八时课读。手理针黹，口授经书。逵读孟子，均自母讲，母之所讲，怡然涣然。公孙丑篇，不动心章，母云艰深，未之授解。逵虽屡读，成诵为难，膝下呀唔，恍如昔昨……"

家世的影响

可以肯定地说，陆费逵先生家世的遭逢，对他人生的道路产生了巨大影响。他在《增辑

21

〈四部备要〉缘起》一文中写道："小子不敏，未能多读古书，然每阅《四库总目》及吾家家乘，辄心向往之。"我未读过陆费先生的《家乘》，但很明显，陆费墀与《四库全书》在陆费先生心中，实在是太重要也太沉重了。这里面有文化的意义，更多的是对家世浮沉的百感交集。在此意义上，陆费逵先生一生投身出版行业，与其说是出于文化追求，出于生活偶然，出于种种原因，不如说是家世的影响，尤其是五世祖陆费墀的人生际遇，始终是影响他择业的第一要素。对于这一点，我们可以从上面陆费墀与《四库全书》的故事中，得到清楚的认识。在此，我们还可以列举几件事情，得到进一步的印证。

一是陆费逵先生的《四库全书》情结。他在《增辑〈四部备要〉缘起》中写道："'民国'乙卯（一九一五年），都中友人商印《四库全书》，后以卷帙太繁，校订匪易终止。"印行《四库全书》未成，陆费先生并未死心。一九二一年，他领导的中华书局收购了聚珍仿宋版，其"字体精雅，印行之书，直可与明清翻宋仿宋诸精椠媲美"。此版为杭县丁氏所创制，丁氏即八千卷楼旧主人。于是陆费先生又动了印制《四部备要》的念头："乃与同人商辑印《四部备要》，由高君野侯主之，丁君竹孙等十余人分任校事。第一集出版，颇为海内所赞许。今第二集植校及半矣；此后进行较速，或可年刊一集。预定二十年以上之时期，刊行二十集，都八千册，四部要籍，或可略备。"两年后此版《四部备要》陆续刊行，它与一九二二年商务印书馆刊印的《四部丛刊初编》，形成呼应之势。

二是陆费逵对于错字的敏感。比如二〇一二年，有记者采访陆费先生的女儿陆费铭琇，她曾经感叹："父亲认真，特别认真。"她说到现在的出版行业已经非常发达，出版公司多如牛毛，但她经常跟老伴抱怨，现在的许多书错字太多。当年父亲陆费逵，组织人力，花费四年时间编成《中华大字典》，其所收字条比《康熙字典》还要多；花费二十年时间编成《辞海》，整理出版古籍《四部备要》。做这些事情，父亲陆费逵的认真，几乎到了偏执的程度。两亿字的《四部备要》，检查一遍，只发现十几个错别字，改正后，竟然达到一个错字也没有的程度。他还特别在报纸上打广告，声言谁能在《四部备要》中找到一个错字，奖励十块大洋。结果没有人回应，因此这十个大洋也没有花掉。

由此想到陆费墀编纂《四库全书》，每部共收书三千五百多种，七万九千卷，三万六千册，约八亿字。而且七部《四库全书》全部由人抄写，出现谬误也在情理之中。但因抄写中的种种错误，还是受到乾隆皇帝的重罚，最终丢了性命，导致家破人亡。这样的家族史，一定会让陆费先生刻骨铭心。

三是陆费逵先生的学术观点。细读他的每一篇文章，其中许多见解，我们往往能够从他家世的学术渊源中，找到思想的根据。比如一九〇九年，陆费逵著文《普通教育当采用俗体字》，此文开篇写道："文字者，用符号代言语，所以便记忆免遗忘也。符号愈简，则记忆愈易，遗忘愈难。而其代言语之用，固与繁难之符号无异。"他主张多用简单的俗字，替代繁难的正体字。

这让人想到，当年陆费墀曾有著作《四库全书辨正通俗文字》传世，全书分辨似、正讹、正帖通用三门，辨别正、通、俗三体书法。研究者发现，当时四库馆对于俗字的使用，还是比较宽容的。同时在校勘时，也非常重视文字的规范化。在《纂修四库全书档案》里，就有许多相关的记载。如乾隆四十五年七月，全书处汇核四至六月缮写全书讹错及总裁等记过清单所记：《稼村类藁》内"其谁有意于怜才"句，"怜"讹从俗体作"怜"……总校官朱钤记过七次，分校官秦泉记过十四次。《焦氏易林》内"既癫且狂"句，"癫"讹从俗体作"痴"。总校官王燕绪记过一次，分校官鲍之锺记过二次。《徂徕集》内"合州太守鬐将丝"句，"鬐"讹从俗体作"鬓"。总校官王燕绪记过一次，分校官卢遂记过二次。此册系总裁董诰阅。（江庆柏《陆费墀与〈四库全书荟要〉纂修》）

四是陆费逵扶乩的故事。这也可以在他早年的家教中找到影响的痕迹。比如陆费先生在《我之童子时代》中写道："八岁之冬，我母大病。祖母及女佣极信佛，辄以信佛诏我。我母病重时，令我往城隍庙求神。我入庙肃然起敬，虔心祈祷。未几，我母得良医，病旋愈。

26

祖母女佣，信以为神佑，我亦深信之。南昌风俗，五月间辄赛神。祖母命我等见神必拜，否则有祸。"

后来陆费先生一直相信扶乩。比如一九一八年，鲁迅先生在《我之节烈观》中写道："一班灵学派的人，不知何以起了极古奥的思想，要请'孟圣矣乎'的鬼来画策。"说的就是俞复、陆费逵等人在上海设盛德坛扶乩的事情，他们还刊行《灵学丛刊》。此类事情的发生，有特定的社会背景衬托，我曾写文章《云五扶乩》，谈到王云五先生十岁时也学习过扶乩，后识破其荒诞手段而放弃。有人说，陆费逵先生招聘中华书局员工，要求应聘者相信风水。但当时的印刷所副所长唐驼说，并非如此，信仰自由，他就不信风水，依然在那里做事。（赵俊《怀念雄才大略的出版家陆费逵先生》）

范用，为书籍的一生

二〇二〇年六月，三联书店推出范用先生的《书香处处》，我立即下单买回。在全球疫情疯狂的当口，在范先生逝世十周年的日子里，能够见到汪家明先生亲自编选的范先生的文字，让我们得以在暗色的日子里，见到一束美丽的亮光。捧读之时，我仿佛见到"范老板"款步走来，从清秀少年到最爱美的出版家，他依然面容清瘦，衣衫整洁，傲骨如旧，戴一顶深色贝雷帽，围一条红围巾，戴一副黑框眼镜，微笑还是那么温暖，目光还是那么深邃……

记得几年前，我曾经扪心自问：几十年做出版，边干边学，耳濡目染，谁能称得上是我们的导师呢？追昔抚今，谈到对我人生道路的影响，我想到七位前辈：学张元济做人，学王云五做书，学胡适做学问，学陈原做文章，学范用做书人，学沈昌文做事，学钟叔河做杂家。我感叹，他们各有所长，各有所短，我们能够取其所长，避其所短，从中获取一二心得，都是一生的幸事！

在这里，我称范用先生为书人，还是经过了一番认真思考的。先说"书人"一词的来源，陈原先生《书和人和我》中记载，中文"书人"一词，来自他对英文 bookman 一词的硬译。陈先生接着说："在莎士比亚时代，这个词指的是学者或学人，经过几百年沧桑，词义逐渐扩大，连出书的，编书的，卖书的，总之与书沾边的人，都包括在内了，只是不包括焚书的人。"由此可见，书人并不是一个高大上的概念，但能够做一个名副其实的书人，能够做一个像范先生那样的书人，却是一件很难很难的事情。

二十世纪六十年代，出版俄国出版家绥青的传记，范先生建议书名为《为书籍的一生》，这个书名也是范先生一生的真实写照。他用丰富的出版实践告诉我们，如何做一个爱书的职业出版人。范先生创建的出版理念，以三联书店为标志，如杨绛写道："三联是我们熟悉的老书店，品牌好，有它的特色。特色是：不官不商，有书香。我们喜爱这点特色。"形成个性平实、充满书卷气的"三联风格"，成为一种文化传统。范先生编过的书籍有《傅雷家书》《红楼梦人物论》《牛棚日记》《随想录》《干校六记》《西谛书话》《晦庵书话》《聂绀弩杂文集》《胡风杂文集》《高尔基政论杂文集》《我热爱中国》《凋谢的花朵》等，本本独具气质，深受读者喜爱。他还主张多出版一些个人实录或曰侧记，以此来记录历史，告慰后人。巴金先生曾为

《随想录》全本的出版而感动，他称赞："真是第一流的纸张，第一流的装帧！是你们用辉煌的灯把我这部多灾多难的小著引进'文明'书市。"范先生参与创办期刊《新华文摘》《读书》《生活》等，虽然《生活》没有成功，但后有来者，《三联生活周刊》的诞生，显示了三联传统传承的力量。范先生有"三多先生"的雅号，书多、朋友多、酒多，作者与朋友有汪曾祺、杨宪益、丁聪、叶浅予、黄永玉、郁风、罗孚、冯亦代、黄宗江、黄宗英、王世襄与许觉民等，有评价说，范先生以及他深爱的三联书店，结识了中国那个时代几乎所有的优秀人物。

范先生不但是出版家，还是作家，生前有著作十几部面世。如《我爱穆源》《泥土　脚印》《叶雨书衣》《爱看书的广告》《买书琐记》《泥土　脚印（续编）》《文人饮食谈》《漫画范用》《凭画识人》等。因为范先生以职业出版人定位，所以他在职时著述不多。离职后开始整理撰写文章，去世前十年里，他的文字最为丰富。此时虽已夕阳残照，身心疲倦，但几十年人生积累与磨砺，文章识见，炉火纯青。从《叶雨书衣》中，可以见到范先生亲手为三联书店设计的封面，这是他从数十年积累中，亲自选出的七十余种图书装帧设计，有巴金《随想录》、夏衍《懒寻旧梦录》、杨绛《干校六记》、郑振铎《西谛书话》、曹聚仁《书林新话》、叶灵凤《读书随笔》与傅雷《傅译传记五种》等。书名中的"叶雨"是他的笔名，取自"业余"的谐音，谦称自己是一个业余的设计家。从《爱看书的广告》中，可以读到鲁迅、叶圣陶与巴金等人的广告文字，范先生在"编者的话"中写道："用短短的百来字介绍一本书，是很要用心的。出版社的编辑要学会写广告文字，这是编辑的基本功之一。广告文字要简练，实事求是，不吹嘘，不讲空话废话……"从《买书琐记》中，可以读到六十余位有书癖的人，讲述自己与别人买书的故事。从《我很丑，也不温柔——漫画范用》中，可以读到范先生的《自嘲》："我很丑，也不温柔。一本正经，鬼都不相信。谨防上当，跟着感觉走。十足胡涂虫，左右拎勿清。曾经深爱过，曾经无奈过。谁能告诉我，什么是什么。"范先生去世后，整理者辛勤劳作，一部部新著陆续出版，有回忆范先生的集子《书痴范用》，有范先生手抄书信集《存牍辑览》，还有《相遇在书店》与《书香处处》。

读范先生的文章，你会产生一种"干净"的感觉，既是他心灵的纯净，也是文字的纯净。安安静静的故事，平平淡淡的语气，天大的事情到了范先生的笔下，都会显得那样平和自然，不见夸张，不见雕琢。陈乐民先生在读过《我爱穆源》后评价："没有训世的警句，也没有任何豪言壮语，但却有今天最需要、最可珍贵的真情。所谓大人者不失其赤子之心是也。"其实范先生早年有过写作训练，端木蕻良先生指导过他的写作，端木先生晚年还回忆说："范用甫十六岁，余曾嘱其从事文艺创作。"还写诗云："文坛失落一支笔，枣林凭君作渡船。"可见范先生的写作功底并非虚来，他的文字格调还影响到三联乃至许多出版人的风格。其实早年范先生也有从事其他行业的机会，他的小学老师沙名鹿先生，就不但引导他写作、演话剧，还曾推荐他出演郑君里《迷途的羔羊》中的流浪儿。但最终范先生还是选择出版为终生志业，为什么？

范先生说，人生的道路，有太多的或然性。他投身出版，正是由于一九三七年八一三事变爆发，他去汉口舅公家避难。当时舅公在会文堂书局做经理，从上海迁来的读书生活出版社，租用书局二楼的房子办公。第二年舅公病故，舅婆回浙江老家，只好将范用托付给读书生活出版社经理黄洛峰先生，从此范用成了读书生活出版社的职员，那年他只有十六岁。范先生说，他人生的这一步，只是出于偶然，偶然之中也有必然。小时候，他家的对门有一个印刷铺子，他看到一张张白纸从机器这头被吃进去，那头吐出来，上面印满了字，使他产生无限的好奇心。后来读到茅盾的文章《少年印刷工》，里面写到一个少年，梦见自己坐在印刷机旁，读到很多书。所以儿时的范用，对印刷工的生活充满了想象。他十岁就开始自编"号外"，后来还手绘期刊《我的漫画》，一共出版了九期。在朦朦胧胧中，范用觉得，写作、绘画、出版与印刷能使他的好奇心得到充分的满足。他在那里找到了心灵的归宿，从此安居其中，不肯出来。一生流连忘返，没有离开过出版业半步。

偶然与必然，阅读中我发现，还有一些深层的认识。海德格尔说："人生的本质是一首诗，人是应该诗意地栖居在大地上的。"在范先生的眼中，出版是一个充满诗意的职业，而他的骨子里，又是一位充满诗性的人。我们从范先生的文章中，可以清楚地看到他诗性的本质，以及他对声音的敏感，对人生的浪漫表达。《书香处处》只是一组选编的文章，我略做统计，其中范先生提到的诗歌，竟然有几十段之多。第一段是印刷机的声音，像诗一样："圆盘转动的时候会发出清脆的响声，'kelanglanglang kelanglanglang'，蛮好听。三伏天，狗都不想动，街上静悄悄，只听见印刷机的声音。"第二段是印刷工人的歌谣："做了八点钟，又做八点钟，还有八点钟：吃饭、睡觉、撒尿、出恭。机器咚咚咚，耳朵嗡嗡嗡，脑壳轰轰轰，再拿稿子来，×他的祖宗。"第三段是街边小唱，第四段是《国文》课文，还有瞿秋白译高尔基《海燕》与普希金《茨冈》……散散落落的诗性文字，有范先生的好友田家英先生说自己"十年京兆一书生，爱书爱字不爱名"。还有新凤霞晚年跟齐白石先生学画，曾绘一幅水墨画《老倭瓜》送给范先生，上面有吴祖光先生题词："苦乐本相通，生涯似梦中。秋光无限好，瓜是老来红。"范先生老年的时候，我见到有一次央视采访，他还唱起童年的歌谣，且歌且泣。

因此说范先生为书籍的一生，也是充满诗意的一生。他对自己的书生活充满爱恋，充满自信，充满欢乐。夏衍说："范用哪里是开书店啊，他是在交朋友。"他的风度，他的仪表，他那么多挚爱亲朋，他那样迷人的生活方式，举手投足，每一个细节都值得后辈们崇拜、追随与效仿。

但天命悠悠。范先生的最后十年，亲人与老友纷纷驾鹤西去，他开始感到忧伤、无助、孤独、落寞，但依然不失书人本色，著作一部接着一部。最后十年，几乎是他一生中著述最多的一段时间。最后五年，他开始整理数千封信件，准备出版《存牍辑览》。但范先生的做法十分奇怪，他将选出的信件一封封亲手抄写下来，有的信还不止抄写一遍。抄写的手稿有二十万字，高高一大摞。他为什么要这样做呢？如今范先生不在了，他的想法也已无从稽考。我觉得，那是范先生诗人气质的升华，他抄下那些文字，书人与友人的精神与热爱，也便融为一体了。

再说沈公两件事

　　二〇一八年十一月九日，陆灏在京，中午请沈公吃饭，有吴彬、王强、徐时霖、郑勇等在座。席间谈到明年沈公米寿，搞点什么活动呢？此事我等同人已经多次讨论，这一次陆灏、吴彬建议，还是出一本文集，题曰《八八沈公》，请最熟悉沈公的人写文章，大家都知道的事情就不要写了，最好扒一扒沈公鲜为人知的旧事新闻或新事新闻，甚至一些糗事，也应了"八八沈公"的谐音。

　　那天我有事未能赴会，事后朱立利传达会议精神，还附上一段吴彬笑谈："这二十几年晓群写沈公最多，这次就不要写了。"闻言我哈哈大笑，自言不写也好，看看你们谁"扒得好"。近日书稿不断交上来，各具特色，各有风采，看得我一时技痒，忍不住告诉编辑："还是让我再整几句吧！"于是有了下面两段故事。

白大夫

沈公在出版界大名鼎鼎，而且愈老愈发光鲜亮丽。要扒他老人家的糗事还真不容易。几年前我写过一篇文章《沈公的背面》，文中谈到不少沈公的八卦，其中写到沈公的夫人白大夫。我声称在江湖上，人们只知道沈公是不够的，还应该清楚，如果没有白大夫，也不会有如今的沈昌文。文章发表后，白大夫当面夸我写得好。也有人问我："你说每天白大夫给沈公吃一把药，保证他晚年如此健康，那是些什么药呢？"带着此类问题，我向二位老人家请教，得到一些新鲜的资料，权且在此披露。

　　且说我年轻时喜好运动，三十几岁开始发胖，血脂一直很高，后来上眼皮长了脂肪颗粒。一次白大夫看到了，告诉我要吃降血脂的药，她推荐他汀类药物，还反复叮嘱我说，这类药品容易伤肝，一定要定期验血，检查肝功能，还要吃护肝的药。她老人家说得很准确，因为肥胖，再加上时常应酬喝酒，我还患有重度脂肪肝，肝脏的指标如转氨酶也很高，加上他汀类药物的副作用，医生说是有很大风险的。为此白大夫一直指导我正确使用保肝的药品，还要我注意饮食。一次她跟我讲，"文革"时期，她与老沈都在向阳湖五七干校劳动改造，老沈在田间劳动，白大夫是卫生所的医生。那时沈公的肝脏就不大好，加上日常劳累、营养不良，身体非常虚弱，急需补充鱼肉等蛋白质食品。但上哪儿去弄呢？看着老沈一天天衰弱，白大夫心急如焚。一次她发现附近的一条小河中，有小鱼小虾游动，她偷偷将它们打捞上来，洗干净后煮汤给老沈喝。那段时间，白大夫一直坚持这样做，帮助老沈恢复体力，度过困难的时光。说到这里，白大夫有些感慨，我也要落下眼泪。想到多年以来，白大夫细心关注沈公的身体状态，为他一把把配药。凝聚了她的多少心血，才换来沈公八十几岁高龄，身体出了名的好，至今每天四处游走，还要喝一两瓶啤酒，虽然限定了量，如果没有一个"好肝"，也是不可能的。

由此又想到沈公一大特长，他认识名人极多，关系又好，交往密切，其实这里面也有一个秘密。那就是在干校期间，那里的文化名人巨多，像冰心、冯雪峰、沈从文、张光年、臧克家、萧乾、陈白尘、冯牧、郭小川、刘炳森、王世襄、周巍峙、罗哲文、金冲及、陈翰伯、王子野、刘杲、周汝昌、司徒慧敏等等。白大夫的身份是干校卫生所的医生，与名人结识，白大夫太有优势了，谁都要去找她看病。何况白大夫是正宗中国医科大学毕业，医术好，人又好，负责任，有耐心，说话总是不紧不慢、客客气气。因此在干校期间，结交了一大批"名人患者"。直到"文革"后，白大夫的优势还在发挥作用。我们就经常听到沈公说，某某名人、大人物是白大夫的患者，他去联系没有问题，或者请白大夫先打个电话过去。当然，沈公身边的新朋友遇到小病小灾的，沈公也会立即将白大夫推荐出来，有问必答。我就是其中的一位受益者。

我时而开玩笑说，沈公嘴上整天挂着的作者，在白大夫眼里，都是她的患者，包括沈公的朋友和沈公本人。出版家与医生联手，作者与患者合体，这也是沈公包打天下的另一点奥妙所在。

沈公序

　　我本是数学专业出身，投身人文领域，学写文章，都是后来的事情。二十世纪九十年代初，沈公在《读书》做主编，我从"品书录"写起，最初被他多次退改。我坚持一篇篇写下去，某年某月某一天，赵丽雅带话来说：沈公很看重你的文章，希望你能正式为《读书》杂志写一些东西。赵还强调说，她这么多年，很少见到沈公亲自组稿或赞扬谁。但我自知功力不够，每写一篇文章都累得够呛，加上那时我刚刚担任辽宁教育出版社社长，整天忙乱不堪，因此辜负了沈公的厚望。转而我开始写一些短小的专栏文章，在报刊上发表，积累到二〇〇三年，汇成一本小书《人书情未了》。这是我投身人文出版后，推出的第一本个人随笔集。我大胆请沈公作序，沈公答应了。他又请出刘杲先生写序，共同为我助威。从此我规定，自己的每一本随笔集都请沈公作序，直到今年出版《两半斋随笔》，屈指一算，沈公已经为我的十三本随笔集写了十三篇序言。近日我把它们整理起来，准备出一本纪念册，题曰《沈公序我》。一篇篇读下去，看到沈公文字中的智慧与调侃，我一直在笑，笑着笑着，我为沈公的真情文字所感染，情从中来，禁不住流下眼泪。

　　第一篇为《人书情未了》序，题曰《出于爱的不爱和不爱的爱》。那时沈公还年轻，文章自成一派，以《读书》编者后记"阁楼人语"为巅峰，文风追求一个朴字，一个丑字，说话转弯抹角，思想却清晰、锋利得令人头皮上指。沈公为我写的这一篇序的题目，实际上是在说明：他爱三联，现在却没有办法爱了；他从前不爱俞晓群，现在却只好爱他，与他共同做事。当时有朋友批评沈公说，晓群对您那么好，您怎么能这样说呢？为此沈公问我，对他的这个题目，有什么不良感觉。我说："哪有啊！一是依江湖地位，您怎么说都是晚辈的偏得和光荣；二是您那藏头缩尾的笔法，剑锋所指，我当然看得懂，天下人也看得明白。"闻此言，沈公欣慰地笑了。

第二篇为《数与数术札记》跋，也是此书序言太多，有王充闾、江晓原、龚鹏程先生三篇，还有沈公、郝明义先生两篇，编排时只好将沈、郝二位的序放在后面，或称"后序"。那时我刚刚离开辽宁教育出版社，做事不顺，与沈公、陆灏的合作也偃旗息鼓。无可奈何，我研究起古代数术文化。沈公也很无奈，他在跋中写道："中国的出版，至今病在谋略太多，机心太重，理想太少。俞晓群以及其他一批有志

46

文化的理想型出版家一再'腾挪'自己的理趣，是至今出版文化疲弱的重要原因。俞兄此病，病在他爱文化甚于一切。他本行源自西方的数学，所以移爱传统数术，本源于对中国文化的热爱。而他主持出版，更是发疯似的擘划种种，以谋繁荣中国文化。他反对'跟风'，强调原创，我有时这样想，你老兄又是怎么去看待河图洛书呢？俞兄新作出版，我理应欢呼他在数术研究方面的成就，而我这跋语，却在鼓吹他数术以外乃至反数术的实践的成绩。其实，细细想来，此公深究数术，其出发点还在弘扬中国文化，而不只是消磨时间，更不是我这出版商出于纯技术观点的无知遐想。区区私意，无非表示，以俞兄大才，出版业业者诚望他在这领域有更多作为，如此而已。"在这段文字中，沈公对我有赞誉，有质疑，有责怪，有呼唤，还有一点调侃。我知道，他老人家的意思是说：

晓群啊,你连现实的事情都弄不明白,还搞什么古代数术研究呢?

接着,沈公写的每一篇序言,都是即时感发,剑有所指。看看题目吧:第三篇为《这一代的书香》,题曰《我的黄金时期》。第四篇为《前辈》,题曰《有思想的出版家》。第五篇为《蓬蒿人书语》,题曰《知心的人,称心的书》。第六篇为《那一张旧书单》,题曰《穿帮的愉悦》。第七篇为《可爱的文化人》,题曰《文化囧》。第八篇为《精细集》,题曰《粗犷的废话》。第九篇为《一个人的出版史》,题曰《能量来自辛勤》。第十篇为《我读故我在》,题曰《一个三〇后的想法》。第十一篇为《杖乡集》,题曰《三栖达人俞晓群》。第十二篇为《书香故人来》,题曰《一位边疆壮汉的内陆开发记》。第十三篇为《两半斋随笔》,题曰《巨大的另一半》。

写到这里，本文已满三千字，及时搁笔。待沈公九十八岁大寿时，我再倾情奉献出更多新鲜的故事！

沪上行,《八八沈公》续话

《八八沈公》,除了纪念沈公八十八岁寿诞,还有一群人"扒一扒"沈公糗事的意思。沪上行,让我们看一看沈公的续话。

不忘

脉望编的《八八沈公》在上海书展亮相,沈公八月十四日下午到沪。晚上接风,地道的上海本帮菜,一杯冰啤入口,沈公从内衣口袋里拿出一个小本本,抬高声调说:"感谢诸位,我已经为明天的发言准备好底稿了。你们看!"他翻开小本本,其中一页上大写着"不忘初心"

四个字。他接着说:"我十几岁离开上海,七十年过去,我的初心还在上海。"他想到那时在金店做学徒,见到美国兵,他操着宁波英语跟他们打招呼,还会叫他们"杜鲁门先生!"大兵一高兴,买卖便做成了。沈公挣到小费,再去上夜校读书。他还想到有一次顾客高兴,送给他一瓶可口可乐,那时中国没有可乐的厂家,一个穷孩子能得到一瓶可乐,该有多高兴啊!所以直到今天,他看到人们随便拿着各种饮料,总会想起那个可口可乐的故事。当然最难忘的是他服侍的顾客中,有一位地下党员,时常给他讲形势,还指导他应该去哪里报考工作,此事影响到沈公后来的人生道路,他当然不会忘记。越入老年,这些事情,越会清晰地在沈公的眼前浮现。所以他愿意来上海,这里处处都有他早年的回忆。那天晚上,我们在长乐路转角餐馆吃饭,沈公马上说,当年他起早在公园中听俄语课，就在不远处。

耳背

这一趟沪上行，沈公有三场活动。

一是八月十五日中午，在友谊厅新书签售，胡洪侠主持，葛剑雄、陈子善、江晓原、王强坐在台上，台下还有陆灏、王为松、贺圣遂等许多好友。浙江大学出版社及启真馆赶制出一百多本《八八沈公》新书，送到签售现场五十本。签售会还未开始，五十本新书就已经被抢购一空了。

二是八月十五日下午三点，在幸福集荟书店，请来三十几位嘉宾座谈。其间要切蛋糕，为沈公祝寿，还要嘉宾逐一发言，再把沈公的陈年旧事扒上一通。说来沈公耳背已经有很多年了，所以许多聚会中大家的谈话，沈公一句也听不清，尤其是近年，他老人家耳背愈发严重。其实发生这样的状况，我们此前也想到了。陆灏事先就专门告诉沈公，一定要戴助听器。但沈公不肯，他还在与女儿的微信聊天中，发语音留言说："我不戴助听器。"因为他觉得戴上助听器后，想听的话语还是听不到，不想听的噪声却都听到了。还不如什么都不听，重要的事情，让女儿俯耳转告，或者看着发言者的表情，或者读唇。还是草鹭文化的几位小编上心，他们先是搞出一个语音转换文字的软件，后来觉得转换的正确率太低，怕沈公看不懂。于是一位打字飞快的小编自告奋勇，当场速记，再将文字放大，直接发到电脑屏幕上，请沈公阅读。这下子好了，嘉宾不再敢信口开河，而且每一个人发言后，沈公都会站起来解说一番，从而使我们获得更多的信息，勾起更多的旧事记忆。结果原定两个小时的恳谈会，延长到三个多小时才结束。

三是八月十五日晚上，各路嘉宾再聚集起来，又是一番欢聚。三场下来，陆陆续续，嘉宾的名单有：沈昌文、沈懿、葛剑雄、陈子善、贺圣遂、江晓原、王强、韦力、俞晓群、胡洪侠、简平、许纪霖、吴兴文、陆灏、汪涌豪、郑逸文、郑勇、卫纯、傅杰、张亚哲、孔令琴、姚峥华、罗皓菱、王志毅、张国际、周立民、郑诗亮、梁严、黄启哲、于立业；还有浙江大学出版社启真馆的编辑团队，以及草鹭文化的编辑团队。

浑说

作为晚辈，对沈公用"浑说"这个词，那是大不敬的。但沈公不在乎这些，况且这话也不是我们创造的，而是白大夫常用的言辞。记得二十年前，我们与沈公、白大夫小聚，沈公在那里一直兴奋地说个不停，白大夫不大接话。时而我们问道："沈公说得对么？"白大夫经常会笑一笑回答："别听他浑说！"这次在上海，沈公又"浑说"了么？怎么会不呢？

一是《八八沈公》的封面照片上，沈公一反以往的邋遢形象，戴着一顶礼帽，身着正装，神采奕奕。大幅广告照上，沈公更是穿着一件红毛衣，脸上带着上海人特有的微笑，在精明与温和之中，藏着一点狡黠。这也是草鹭文化那些小编们的创意，事先把沈公请到北京王府井的一家照相馆，又是化妆，又是换装，整整折腾了一上午，最终拿出了十几张各种姿态的艺术照片。沈公的处事优点就是不骄不躁，不落潮流，随你折腾。那一阵兴奋之后，中午一个大包子，一瓶啤酒；回到家里还余兴未尽，跟白大夫说："你看，他们还给我修了眉毛！"

白大夫怎么回答的呢？不知道。

　　二是在书展开会期间，嘉宾发言，都说要跟沈公有一个约定，那就是十年之后，当沈公九十九岁时，我们再出一本《九九沈公》，再来上海相聚。当时理科出身的江晓原博士还纠正说："等到《九九沈公》，不是十年，是十一年。"哈哈，轮到沈公总结发言了，他先"感谢叔叔阿姨们的捧场"，但"叔叔阿姨们"前面说的话，他老人家可能一句也没听清，张口就说："我老啦，这可能是我最后一次来上海书展了。"当时深谙天象的江博士有些吃惊，他对陆灏和我说："此语不祥啊！"陆公子笑嘻嘻地回答："没关系，他一直这样浑说，大概说了有十多年了。"

沈公的晚年

前记：二〇二一年一月十日，沈昌文先生去世，不久三联书店开始张罗为老人家出版纪念文章。五月间编委会开会，研究收入的文章篇目，谈到沈公晚年与俞晓群、朱立利等人接触较多。俞晓群的文章《没有沈公的日子》已经收入其中了，而在沈公晚年的日常生活中，朱立利做了很多事情，是否请他也写一篇纪念文章呢？俞朱二人商量：沈公去世前十年，即二〇〇九至二〇二〇年，发生了很多事情，有些与工作有关，更多的是生活中的琐事，零零碎碎，正经写起文章来，很难收入其中。那就采取断想的形式，每人回忆一段旧日的时光，把这些故事串起来。那里有许多沈公的生活细节，很值得记忆，也是读者很想知道的一些事情。

俞晓群：说到沈公的晚年，应该如何界定"晚年"的时限呢？在我的观念中，大约是在二〇〇九年。这一年七月，我来到北京海豚出版社工作。上班后的第二天中午，我约沈公小聚，那时他还在帮郝明义先生做事情。北京的七月很热，沈公找了一家小酒馆，我们面对面坐着喝冰啤酒。他对我说："如今我已经年近八十岁，做不动事情了，最多只能帮闲。再说海豚出版社是一家儿童出版社，我们还能做些什么呢？"我说："您不老，我做事情还需要您的领导。现在我常住北京，见面方便了，我会经常来拜访您。海豚社的工作，容我慢慢安排。"到了年底，一天中午与沈公小聚，我说要接续"新世纪万有文库"，在海豚出版社出版一套新的文库，也就是后来的"海豚书馆"。沈公说："可以啊，但要去上海把陆灏请出来。不过我年龄大了，现在出门需要白大夫批准。"我跟白大夫通电话，白大夫说："老沈去上海可以，但要约法三章：一是住酒店要暖和些，二是老沈喝啤酒最多一瓶，三是以后老沈出门，除了上海，其他地方就不要去了。"白大夫的嘱咐我一一答应，后来白大夫又来电话说："你是领导，工作太忙，以后老沈的事情，让你的助手跟我联系就可以。"说到我的助手，最初是李忠孝，他原来是辽宁教育出版社总编室主任，来到海豚出版社做总编室主任，经常跟随我跑来跑去。每次因公出差，他都要事先给白大夫打电话请示，被批准后才能安排沈公的行程。后来李忠孝担任海豚社社长助理，事情太多了，身体又不太好，家还在外地，因此行政办公室主任朱立利参与过来，协助我们的工作，还要管理沈公的一些事情。大约从二〇一三年开始，一直到沈公去世，沈家的大事小情，经常会找朱立利来做。

朱立利：我原来在首钢工作。二〇〇九年底，来到中国外文局海豚出版社做行政办公室主任。我认识沈公很早，但真正与他接触大约是在二〇一〇年。当时沈公几乎每天会来海豚出版社，他早晨从家里出来，先走路到三联书店取信看书，然后乘1路公共汽车，到百万庄大街外文局站下车，十分方便。最初他经常到总编室去找李忠孝，有时李忠孝忙不过来或不在，他就会来到行政办公室。我专门为老人家摆放了沙发，陪他喝茶聊天。后来李忠孝做了社长助理，不在总编室工作了，我的办公室名正言顺地成了沈公的第一落脚点。他有时来休息，有时来取书信。我不在办公室时，怕沈公来时无处落脚，我就一直开着办公室的门。沈公经常自己走进来，外间的工作人员给他沏上茶，他在那里翻看我架上的样书，见到哪本是他需要的，就会放到他的包里，留下一个纸条，写道："老朱，书我拿走了。""老朱，你不在，取走几册样书。我们很久没聚了。"这么些年，我一直留着这些纸条，大约有十五六张。

日常我还帮助沈公安排一些具体的事情，比如找编辑谈书稿，为新书签名钤印，寻找他需要的书，安排各种活动等。记得有一次，我陪沈公去编辑室为新书签字。签好书后，小编们都站起来为沈公送行，沈公见状笑着说："谢谢你们，我送给你们每人一本书，欢迎你们将来参加我的追悼会。"小编们愣在那里，都不知道怎么回答了，只有站着傻笑。

俞晓群：我在海豚出版社工作九年期间，沈公重点参与了两件事情。一是组织策划书稿，有出版社的书稿，比如"海豚书馆""几米绘本""蔡志忠漫画系列"等；还有他自己的著作，我们确定，每年为他老人家出版一本书，有《八十溯往》《也无风雨也无晴》《师承集》《师承集续编》《阁楼人语》等。再一是参加各类文化活动，请他老人家站台助威。每年八月的上海书展，他都非常乐意前往。他到那里参加自己的新书发布会，还参加"两海会"，即上海书店出版社与海豚出版社的联谊会，介绍"海上文库"与"海豚书馆"。再如海豚出版社每周在北京的新书发布会，他一般也会光临，坐在嘉宾席上，讲一些鼓励的话，表示对我们的支持。还有拜见一些知名作者，比如蔡志忠先生。我通过台湾大块出版公司，出版蔡先生的著作，却一直未能见面。那时蔡先生长期在杭州居住，沈公是蔡先生的老熟人，他亲自带着我们去杭州，与蔡先生见面。

朱立利：沈公出差，一路照料，一般是李

忠孝或我的责任。沈公最喜欢去上海，或者说他晚年只去上海，请他去其他的城市，他都会说"我年龄大了，走不动了"，或者说"白大夫不同意我去"，借口推掉。比如二〇一一年"三老集"出版，其中有沈公《八十溯往》、钟叔河《记得青山那一边》、朱正《序和跋》，出版后湖南熬吧书店组织座谈会，请沈公、俞社长参加，都没能成行。他晚年除了去上海，大约只去过深圳，胡洪侠为他过生日。上海就不同了，一年去上一两次，沈公都会欣然同意。到了上海，沈公马上兴奋起来，故地重游，故友重逢，他每天一有空，就独自一人在老街道上四处游逛。最初几年我们还没在意，后来沈公的耳朵越来越背了，我们又盯不住他，一会儿人就没影了。我们担心起来，因此再出门时，要请家人陪伴，沈公的女儿沈懿、沈双，还有外孙谭肖都同行过，他们了解沈公的习性，还可以随时向白大夫汇报、告状。这样一来，沈公老实了很多，过量饮酒、擅自出行等行为，也有所收敛。

当然，沈公在外还是有失控的时候。记得二〇一五年，他带着我们去杭州见蔡志忠先生。当天晚上，蔡先生请我们吃日本餐，喝日本清酒。一直喝到下半夜，沈公实在挺不住了，又不肯在蔡先生面前服输，躺在日式的地板上睡了一会儿，爬起来还要喝。回到酒店，他又对我说："我明天早晨去西湖走走，你们不要管我。"吓得我一夜无眠，第二天凌晨三点半钟，我提前下楼，站在酒店门前等候。到了四点钟，沈公兴致勃勃地走了出来，见到我还说："你怎么一直站在这里，没上楼睡觉啊？"

俞晓群：我们都知道，沈公有一个书房，号称"二房"，里面有很多积攒多年的重要资料。后来我们为他编书，许多内容都是从这里整理出来的，比如《八十溯往》《师承集》《师承集续编》《八八沈公》等。他几次对我说:"我陆续整理出很多资料,有时间你让老朱过来一下,把资料拉走。"一直到二〇二〇年,我们希望翌年再为沈公出版一本文集,八月份去上海书展首发,庆祝老人家九十岁寿诞。沈公说:"我老了,实在弄不动了,还是让老朱来我的书房,把相关的资料拿走吧,你们自己先整理。"最终书未出成,人已离去,留下一段深深的遗憾。

朱立利:我们按照沈公的指示,从他的"二房"里陆续取出来一些资料,都是我经手办理的。在海豚出版社编《师承集》《师承集续编》时,沈公交给我们两批资料。二〇二〇年,我们准备为沈公编九十岁纪念文集,我又去取来了几大箱资料,其中有与季羡林、李慎之、吕叔湘等人的通信。沈公已经按照人物的姓名首字母顺序排列归类,整理得整齐清晰。

俞晓群：二〇一八年我退休后，王强支持我们成立草鹭文化公司。王强一直说，中国出版家，他最看重沈昌文先生。说实话，我们能够得到资本界的青睐，沈公的声誉与人品起到了决定性的作用。二〇一九年，我们与浙江大学出版社启真馆合作，出版了《八八沈公》，接着重装了沈公的许多旧作，如《编辑手册》《师承集》《师承集续编》《也无风雨也无晴》《阁楼人语》《八十溯往》《知道》等。在几年的时间里，沈公忙着为新书拍靓照，忙着参加新书发布活动，忙着为新书、重装书签字。有时来工作室，有时来到书店售书现场，直到去世前不久，即二〇二〇年十二月，他还会接待朱立利与小编们，为他的著作签字留言。

最近三年，我们几乎每月都要请沈公出来小聚一下。有一帮朋友，号称鲸鱼堂成员，有谢其章、徐时霖、于奇、陈冠中、张冠生、吴兴文、赵国忠、顾犇、安建达、王志毅等，几位朋友轮流坐庄，选一家小酒馆，围坐在沈公身旁，嘻嘻哈哈，谈天说地。沈公不用车接车送，朱立利通过邮件发给他酒馆的地址，他就会准时赶来。喝上一瓶啤酒，吃上一份醉虾，说上几段旧事。直到疫情前，一次晚上小聚，沈公迷路了，晚了一个多小时才找到酒馆。当时把我们吓坏了，此后与沈懿约定，再请沈公出来时，一定要有人接送。

朱立利：沈公耳朵背，不愿意接听电话。开始他只接收邮件，每邮必回。如果不回复，一定是有事情或者生病了。后来说不清什么原因，邮件不顺畅了，沈公时常说收不到，只好改由我与沈懿通电话，约好与沈公见面的时间地点，沈懿转告白大夫批准，最后由沈公执行。自从他二〇一九年迷路之后，再出来参加活动，几乎都是我开车去接他。二〇二〇年十月十八日，沈懿打来电话，说沈公病了，让我出一趟车，送沈公去住院。见面时，沈公连声说："我没事，过几天出来，你们还要请我喝酒。"不久沈公果然无事，很快出院了，我们又聚会了几次，还为他老人家祝寿。他兴致很高，主动要喝啤酒，餐后合影时还唱起歌来。但从沈公的面色与腿脚上看，老人家确实病了。最后一次见面是二〇二〇年十二月九日，我带着草鹭的两位编辑去沈家，请沈公来到离家不远的一个小酒馆，一边喝酒，一边签书。开始沈公还很兴奋，不一会儿就累了，他说："对不起，我坐不住了。帮我拿上酒菜与书稿，让我回家去享用吧。"不久俞总要去沈家看望沈公，但小区里出现了疑似病例，不让陌生人随意出入，只好作罢。没想到这一别竟是永别了。

俞晓群：沈公九十岁离去，说是无疾而终，但我觉得，还是有两个因素的影响。一是疫情，他很久出不了家门，那样一位闲不住的人，如此限行，严重影响了他的精神状态。二是二〇二〇年七月，白大夫生病住院。在半年多的时间里，沈公的生活开始没有了依托与规律，虽然沈懿辛辛苦苦，全力看护，但沈公还是离不开白大夫在身边的关爱与关心。

朱立利：我们都知道，许多年来，白大夫根据沈公的身体状况，每天让他吃一大把药，还控制沈公每天的饮食。白大夫与沈懿对沈公无微不至的看护，我们亲眼所见，非常感动。白大夫与沈公同岁，身体一直很好，只是腿脚有些问题，但头脑非常清楚。直到二〇二〇年四月，老人家还在给俞总与我看病，给我的家人看病，给我们开药方。二〇二一年九月，沈公九十寿诞之前，我们去看望白大夫，她坐在轮椅上，头脑还很清楚，见面就叫出了我们的名字。

俞晓群：我一直觉得，两位老人是世上最好的人。他们一生兢兢业业、辛辛苦苦，对人温良恭俭让，让我们由衷地敬佩，也是我们的做人做事的楷模。他们的女儿沈懿、沈双，深得父母家传，处事平平静静，大方得体。最近草鹭文化组织出版《沈昌文集》，我们与她们商量版权的事情，沈双几次说："你们就像我们的家人一样，都是我爸最好的朋友。编文集的事情听从你们的安排，我们没有意见。"

没有沈公的日子

二〇二一年元月十日，清晨六时许，北京天寒地冻。沈昌文先生在睡梦中，安然平静、无声无息地走了。朦胧之中，他站起身来，迈着蹒跚的脚步，矮小瘦弱的身影渐行渐远，最终消失在京城街市的尽头，消失在晨光微露的雾霭之中。

沈公走了。在老人家淡然的微笑中，一个时代结束了。

逝者已矣，生者哀思。以往一贯遇事冷静的我，此时却陷入一种极度感伤、茫然无措的状态。坐卧不安，六神无主，泪水不断地涌落下来。从二十世纪九十年代初，我开始拜在沈公的门下，请他老人家指导我、帮助我做出版。那时沈公刚从三联书店总经理、《读书》杂志主编的位置上退下来，名声巨大，身体尚好，精神尚好。我们几经磨合，颔首称道，挽手前行。从辽宁到北京，从辽宁教育出版社到海豚出版社，一路走下来，日光月华，风刀霜剑，不觉已有三十年的光景。此时回望，我们在沈公的引领下，做了那么多有趣的事情，那么多好玩的事情，结识了那么多时代的精英人物。略说书目，有六十册"书趣文丛"，五百多册"新世纪万有文库"，八十多册"海豚书馆"，还有"万象书坊""牛津学术精选""剑桥学术集萃""海豚小精装系列"，还有《万象》杂志。长长的书单开列下来，有一千多种么？何止呢。不过这里面述说的事情，不是数量，更不是金钱，而是一股文化洪流的汇入，一种时代精神的表达。那是什么精神呢？是一百五十年中体西用的探索，是一百二十年民主共和的努力，是四十年文化反思的呐喊。或者，回到人本主义的思考，那仅仅是七十年前，一位从上海来到北京的小人物，他满身充溢着个人奋斗的精神，还受到那么多政商界文化大佬的提携与熏陶。他历经岁月风霜，跨过激流险滩，不断修炼、成长、强壮、抗争，最终成为一位出版界名声显赫的文化导师，为文人、为学者、为普罗大众，做了那么多有益的事情。直到晚年，当他淡出体制后，又领导我们继续编好书，做好书，为人文社会留下了一抹令人难忘的亮色。

也是我人生有幸，能够在职业旅途上，步入那样一条文化缝隙，亦步亦趋，早早地跟随沈公做事情。因为我从三十几岁结识沈公以来，耳闻目睹他的理念与业绩，早已经深深认定："沈公在出版事业上的成就，可能是我拼尽一生的精力，也达不到的高度。"正是秉承着这样的想法，我在工作中，一直老老实实地向沈公学习，落实他的主意，实践他的理念。在工作室，在书友会，在咖啡店，在小酒馆，在旅途中，他的高堂讲章，他的闲言碎语，他的随想调侃，他无时不在的灰色幽默，我都会认真记录下来，拿回去认真思考，再从工作中找到落实的依据。沈公一生努力，学识深厚，视事高远，见多识广，人脉丰富，一切的一切，都使我受益良多。三十年走下来，我不断感叹，按照沈公的话做事，不但充满快乐，而且成功率极高，起点极高，还避免我们走许多冤枉路。因此我时常会说，我做出版，最看重两个传承：一是文化传承，一是师徒传承。这不是虚话，而是几十年职业生涯的真实体验。

我拜沈公为师，是现实的，也是精神的，而且师徒关系还有一个变化的过程，从真诚需求，到无欲无求。其实沈公在年近八十岁时，已经宣布退出江湖，不再做事情了。但那时我刚刚来到北京工作，还是硬把他老人家请出来，帮助我策划"海豚书馆"，跑上海，找陆灏，最终沈公写出那篇有名的序言，戏称我们是"三结义"，还讲了"海豚与天使"的故事，感人肺腑。在二〇一一年后的几年间，他参加上海书展等活动，帮助我们站脚助威。直到二〇一九年，我们眼见着沈公日渐衰老，听力越来越差。但我的心中却对沈公产生了一种越来越深的依赖感，几天见不到他老人家，就会若有所失。每逢风和日丽，还是要把老人家请出来，坐一坐，签签字，编一册《八八沈公》，开几次恳谈会，印一册《沈昌文作品图录》，重新装帧沈公的旧作《编辑手册》《知道》《书商的旧梦》，再来到一家小酒馆，喝一杯啤酒，趴在他的耳边大喊一阵子，心里就会舒服很多。他的脸上带着微笑，我们也感到年轻了许多。直到一年前，沈公出门还是坚持不用车接，他自己背着一个双肩包准时赶来。后来有一次，他记错了地址，迷失了方向，最终是出租车司机把他送了过来，当时把我们吓坏了。此后沈公再出来时，我们一定要全程接送。记得每次去接沈公时，时而白大夫会送他下楼来，她还会对我们说："谢谢你们，总带着老沈去玩。"

沈公离去，许多媒体赶来，希望我谈一谈沈公的往事。说来以前我写沈公写得太多了，这次在沈家见到于奇，她还说："过去你是《沈公近况》的发布官，现在不能了。"是啊，沈公故事多，人脉广，人缘好，况且沈公为人开朗宽厚，无论我怎么写，他都不挑剔。记得有一次记者对沈公说："您说过某段话么？"沈公说："没有啊！"记者说："俞晓群说是您说的？"沈公笑笑说："那就是了。"现在不行了，我再也见不到他那赞许的目光，调皮的微笑，随和的行为。他在我的心目中，已经由一个活生生的肉体存在，逐渐化为一座神圣的精神雕像！此时，我还能写什么？头脑呆滞了，思想凝固了，手指僵硬了，情绪低落到无以复加的地步。我想无论怎样写，沈公都会笑着说："呵呵，不要写了，不好玩了。"

　　写不出沈公，有朋友说，那就回忆一下沈公对晚辈的嘱托吧。谈到沈公在出版业中的徒弟，三联书店等体制内的人太多了，此处不表。单说外面的晚辈也有不少，比如他最喜欢陆灏，还有郝明义、吴兴文等。他晚年跟我接触很多，平时没少评价我，都是好话，还有调侃，其实他说过很多人好话，从不在背后说人家坏话。而最让我感动的是他曾经给我的著作写过十三篇序言，今年我的小书《两半斋随笔》出版，我还专门自印一册《沈公序我》，将沈公写给我的序文集合起来，它们的题目是：《出于爱的不爱和不爱的爱》《数术家俞晓群》《我的黄金时期》《有思想的出版家》《知心的人，称心的书》《穿帮的愉悦》《文化囝》《粗犷的废话》《能量来自辛勤》《一个三〇后的想法》《三栖达人俞晓群》《一个边疆壮汉的内陆开发记》《巨大的另一半》。对我而言，这十三篇序言是一串宝贵的珍珠，值得永久收藏。序言中除去勉励的话，背后还有许多难忘的故事。比如我的第一本随笔集《人书情未了》出版时，他写序言《出于爱的不爱和不爱的爱》，从题目到内容，沈公的真性情发挥到了极致。拗口的题目是说：他热爱三联书店的事业，却因为退休，没有办法再为它工作了；他从前不认识俞晓群，但喜欢他们的事业，所以会走到一起，联手做事情，由此产生爱慕。此外沈公还请出老领导刘杲先生为《人书情未了》作序。刘先生在序中，第一次提出一个重要观点："出版，文化是目的，经济是手段。"这一观点成为当代出版人的圭臬。再如出版《数与数术札记》，当时我被调离辽宁教育出版社，去集团工作，我与沈公在辽宁的合作就此烟消云散。沈公赐序《数术家俞晓群》，反讽我说："有时也想，这位数术问题专家是不是在出版实践中对数术推往知来的神秘功能有所结合和发挥。因为在近十年的文化出版中，大概数术最可以有发挥余地了。尽管我一点不懂数术，但是我还算是文化出版园地的老兵，看得懂这行业中的奥妙。这十年，由于转制等原因，这行业里的奥秘越来越被彰显，各种奇技淫巧最有用武之地。我不敢说这些同数术有关，但是俞晓群应当是知道这些伎俩的。可是，偏偏这位数术专家，不仅不用这办法，而且本人还颇受其害。中国的出版，至今病在谋略太多，机心太重，理想太少。"还有二〇一六年，沈公为《书香故人来》写序，题曰《一个边疆壮汉的内陆开发记》，他写道："像我这样在内地出生、长大的人，想象不出像他这样的边疆壮汉到内地开发有多艰难。现在他在这本书里写的是对自己的老同乡的汇报，无不实话，使人心动。"纸短情长，他的序言题目从此流传，许多人戏称我"边疆壮汉"。

说来十三篇序，似乎不是一个好数字。二〇二〇年我的《书后的故事》整理好后，三月十四日我给沈公发邮件写道："沈公好，白大夫好。病毒肆虐，春日落寞，深深惦念你们，万望珍重。最近我的一部小稿《书后的故事》整理好了，发给您批评指正，还希望您一如既往，能够赐予序文。待几日后病消疫散，我再把酒致谢！顺颂春安！"直到八月第一次见到沈公，我跟他拥抱，他还在我耳边说："那篇序快写好了，过几天发给你。"还有去年十二月，我整理好《五行志随笔》，十二月七日给沈公发邮件写道:"沈公好,天天惦念您的身体,您一定要注意饮食,按时吃药,注意休息。改日安排拜见您。现奉上我的新稿《五行志随笔》,商务印书馆组稿,还想请您赐序,不要过劳,写几段字就可以。思念!!!问候白大夫。"我还在此稿后记中写道:"首先要感谢沈昌文先生,我预想本书出版时,他老人家已经九十岁了。此时能够请到他的序言,让我终生荣幸!"看到这里,我眼中的泪水,又要夺眶而出。

好了,哭哭啼啼,一定要被沈公嘲笑了。最后再说一段沈公的故事吧。去年十一月沈公的身体不适,那一次发病入院,大家都紧张得不得了。沈公却很坦然,去医院的路上,还对开车送他的朱立利说:"没什么大事儿,过几天就出来,你们再请我喝酒。"几天之后,沈公状态好转,他立即闹着出院。回家后不久,我们像以往一样,把沈公接出来,又坐在一起喝酒聊天。那天他的状态非常好，还向坐在侧面的顾犇先生打手势说："国家图书馆的那位先生，你要送给我一样东西。"顾犇一脸蒙，见到沈公的指向才明白，原来沈公自己的一瓶啤酒已经喝完，希望顾犇将他那半瓶啤酒送过来。多年来沈公与我们相聚，白大夫一直告诫说："沈昌文肝功能不好，在外喝酒，最多只能喝一瓶啤酒。"但沈公是老顽童，当时点头答应，出来就破坏纪律，总要多喝几杯，直到这最后一次相聚。十二月我们还去请沈公签一次书，做到一半时他说累了，还是拿回家去做吧。

沈公的大女儿沈懿说："那次出院后，爸爸又像好人一样开始工作，整理资料，复印材料，每天忙个不停。"小女儿沈双说："阳历年前几天最兴奋，熬夜剪报扫描，第二天早晨开门，一地果壳，还有空酒瓶子。"但新年一过，沈公不再做事情了，可能是他自认为一切该做的事情已经完成好，也可能是他再没有了做事的力气。但此后几天，他还是坚持有规律地生活，散步，购物，洗澡，吃陆灏寄来的醉蟹，独自喝一点啤酒，直到最后两天，还自己在家中炖上一锅火腿。有文章说，沈公曾言一生追求无疾而终，我想他最后几天的状况，大概就是了。

许渊冲，融入文字的星空

二○二一年六月十七日，早晨九点三十分，草鹭工作室的编辑拨通了许渊冲先生家的电话。此前约定，本周六上海思南书局，将举办一场读书会，题目是"文学经典的永恒力量"，分享许先生译法兰西三大文学名著《约翰·克里斯朵夫》《红与黑》《包法利夫人》。许先生年事已高，无法参加，只好约他周五在家中录一段视频，准备在活动现场播放。

但是，护理员小芳拿起电话，悲伤地说："抱歉，视频录不了了。今晨七点多钟，爷爷走了。"

我们多年与许先生交往，知道他的作息时间。许先生有夜间工作的习惯，一般从下午开始，一直在书房中忙到翌日凌晨两三点钟，才会回到卧室休息。第二天上午十点钟以后，许先生起来吃早点，接待来访者，下午去未名湖畔散步。前些年，许先生还经常骑单车，近来为了安全，改由护理员开着电动车，带着他在外面转转。回来后休息一下，再来到电脑桌前，开始他一天的翻译与写作。小芳说，这一段时间，许先生的情绪不大稳定，时而会有些烦躁，发脾气。今天有些反常，早晨七点钟，许先生就起来了。小芳为他做早点，他吃后说有些疲劳。夜里很晚才睡，怎么会不疲劳呢？小芳说："您再去睡一会儿吧。"许先生回到卧室，大约半小时后，便静静地去了。

听到不幸的消息，我的泪水滚落下来，心中默默念叨着："三年以来，我们一直担心的事情，现在终于发生了。"担心什么？那是在二〇一八年六月十五日，我们突然得到消息，许先生的夫人照君女士因病去世，终年九十岁。噩耗传来，我们备感伤痛。跟许先生熟悉的人都知道，许夫人为人极好，态度和蔼可亲，说话慢声细语，从不高声。多年来许先生忙于写作，身边的杂事都是由许夫人打理。凡是与许夫人打过交道的人，都会感叹她做事得体，关怀许先生无微不至，许先生能有这么好的贤内助，真是一生的幸运。许先生自己也经常会说："回顾我的一生，如果没有照君的照顾，没有她的帮助，我不会活到今天，更不会有这样的成就。"许先生的话中，包含着许多人生遭逢的辛酸故事，也有现实生活中许夫人对他无时不在的关爱。所以，当我们听到许夫人离开的时候，立即想到，许夫人走了，许先生的生活该怎么办呢？

许先生身材高大，说话大嗓门，听过他授课的学生都知道，他讲课时，在课堂外面的走廊都能听到他洪亮的声音。许先生一生痴迷于翻译工作，他的学生王强说："有时为了找到一个合适的单词，达到意思准确、符合韵脚的目的，先生会几天食不甘味，寝不安席，在那里翻书、发呆。"有人称在中英、中法互译，尤其是在诗歌中译外方面，许先生的成就，堪称天下绝学。在学术上，许先生从不隐瞒自己的观点，敢做敢说，不顾情面，因此有"许大炮"的绰号。夫人照君曾开玩笑说："他的眼里只有翻译，不通世故，人都让他得罪遍了。"但回到家中，他那副笔挺的绅士风度，变得温和、柔软起来。他生活简单，有时在夫人面前，会像一个无助的孩子。尤其是到了老年，许先生的耳朵严重失聪，我们与他见面时，夫人照君始终不离左右，一面与我们交谈，一面向许先生转达我们谈话的内容，口耳交流，眉目表达，心言手语，不必高声，许先生却能理会得清清楚楚。多次与许夫人交往，有两件事，让我记忆深刻。一是她曾经对我说："抓紧整理出版许先生的著作吧，他的学问，只有他自己能够完成，别人做不了，但他已经九十多岁了，时间不是很多了。"再一是有一次，许夫人打电话来，她说许先生正在翻译《莎士比亚全集》，希望由我来做出版人，他们夸我们做事靠得住，书籍装帧精美。许夫人还说，许先生荣获"北极光杰出文学翻译奖"，也有你们的功劳，《许渊冲文集》印制得非常漂亮。接着她说："晓群，你上次见到许先生，答应为他做几本小牛皮的书，他一直惦记着呢。"

正是有这样的生活背景，所以许夫人去世时，我们才会产生惦念许先生的情绪。没想到十一天之后，即六月二十六日，我突然接到许先生打来的电话，他说："我从照君的电话本上，找到了你的联系方式。现在照君不在了，以后你希望出版我的著作，就直接跟我联系吧。"当时我有些惊呆了，因为此前这些事情，都是由许夫人来做的，现在从电话中听到许先生的声音，我有些感伤，还有些欣慰，深深为老先生坚强的精神所感动。两天之后，我们来到许先生家，签下《莎士比亚戏剧全集》《英译中国古代诗词全集》的合同。

后来许先生自己解释说，照君离开后，他陷入了巨大的悲伤。但在他的精神生活里，还有另一个世界存在，那就是翻译的世界，文字的世界！那里有他人生的理想与追求，支撑着他振作起来，乐观起来，坚持继续走下去。

回想十年前，我们开始为许先生出版《许渊冲文集》二十七卷，还有《许渊冲经典英译古代诗歌 1000 首》《莎士比亚悲剧集》《丰子恺诗画 许渊冲英译》《牡丹亭》等著作。前些年我离开出版社后，我们以草鹭文化为基地，继续为许先生服务，陆续与浙江大学出版社启真馆合作，出版《莎士比亚戏剧集》四卷；与华文出版社合作，出版《许渊冲百年自述》；与浙江文艺出版社合作，出版"法兰西三大文学经典"等。与此同时，我们还为许先生制作了几本精美的真皮书，其中四卷本《莎士比亚戏剧集》，我们请英国设计师，专门制作了小牛皮手工书。当此书的第一卷完成时，我们请许先生过目，签字钤印，他见到后非常高兴。现在此书第四卷即将完成，不久就会从英国寄来。还有《许渊冲百年自述》，我们也制作了一些真皮特装版，拿到样书那天，正赶上许先生的追悼会，我们手捧一册送上。事后许家孙辈沈迪先生说，他已经将书放到许先生身旁，告慰二老在天之灵，也了却后辈的一番心意。

"死别已吞声，生别常恻恻。"此时还有一位极度感伤的人，那就是许先生的学生王强先生。由于疫情阻隔，王强人在海外。四月十八日，许先生百岁寿诞时，王强还与老师通了视频。许先生说，他先把翻译莎士比亚的工作放一下，开始写一本自传《百年梦》。王强说，他正在翻译一本苏格兰作家的小说《破产书商札记》，出版后一定送给许先生，请老师"批改作业"。此书八万字，王强在精译的同时，还做了四万多字的注释。今年七月，此书将在牛津大学出版社出版繁体字版，并在香港书展上首发签售。商务印书馆也将在今年出版此书的简体字版，以及节选本。六月十七日早晨，当王强知道许先生逝去的消息时，顿生无限的哀痛。尤其是沈迪告诉王强："爷爷在去世前些天，还曾对我说，在翻译方面，王强是唯一会超过他的人。"闻此言，王强悲从中来，默默落泪。这段时间，为了抓紧时间翻译完《破产书商札记》，王强不顾工作繁忙，日夜兼程，精益求精。原想当面向老师交作业，"一份四十年后学生的作业"，许先生却带着他独具的风度，吟咏着心爱的诗句，潇洒地离开了我们，御风而去，融入星空。此时，一切的思念，只能化作滴滴热泪，撒向大地。许先生出殡那一天，王强无法赶回来，只好打来电话，反复叮嘱代他奉送花圈的朱立利，让他见到许先生后，一定要代他说："老师，作业写好了，等我回来时，再带给您，请您批改。"言罢泪如雨下。

三位耄耋老人的故事

我的小书《两半斋随笔》出版，其中记载了十七位人物，包括故去的七位前辈：张元济、邹韬奋、丰子恺、陈原、陈翰伯、叶君健、李学勤；还有十位我的老师、作者或同人：许渊冲、黄永玉、沈昌文、谢其章、张冠生、江晓原、王强、冷冰川、周立民、姚峥华。

近期媒体或读者询问书中的故事，不约而同，大多把注意力集中在三位耄耋老人身上：一位是许渊冲先生，九十九岁；一位是黄永玉先生，九十七岁；一位是沈昌文先生，八十九岁。他们都是这个时代的标志性人物，健康长寿，事迹感人，那么在书外，还有哪些好听的故事呢？

　　先说许渊冲先生。二〇一八年六月，许先生的夫人照君突然去世。许多人去探望许先生，都为他的身体与生活担心。毕竟是年近百岁的老人，耳朵又背，以往交流都需要夫人在一旁解说。现在该怎么办呢？没想到许夫人去世后不久，许先生突然给我打来电话（他从记事本上找到我的联系方式），他说："俞社长，感谢你们以前的支持，现在照君不在了，你对我的著作有什么出版建议，可以直接与我联系。"放下电话，我的眼睛湿润了。此时我已经离开出版社，正在与王强、陆灏合作，做一些有趣的事情。因此我安排立即拜见许先生，签下他的《英译中国古代诗词全集》与《莎士比亚戏剧全集》。今年，《莎士比亚戏剧集》四卷陆续出版，第一卷已经上市，我们不但推出市场版，还推出少量小牛皮版，又请英国装帧师制作纯手工版。我为什么要这样做呢？那还是许夫人在世时，她曾经对我说："许先生出书有一百部了，她最希望能出一部小牛皮版的著作。"我一直记得许夫人这句话，这次将真皮版《莎士比亚戏剧集》做出来，也是对她老人家的告慰与怀念。

我们把真皮版《莎士比亚戏剧集》第一卷送到许先生手上，还请他几次接受媒体采访。其间曾经谈到他的学生王强，他说："王强是好学生，我清楚地记得，他上课时坐在第一排的中间，最喜欢提问发言，口语好。他喜欢读书，在北大时就有许多藏书。"我们说，现在王强已经是大藏书家了，国内收藏西书堪称翘楚。许先生闻言非常高兴，还开玩笑说："王强藏书比我多，我出书比他多。"

再说黄永玉先生。二〇一八年三月十四日，我应邀去黄先生家中做客。那一年黄先生九十五岁，精神极好，一面写回忆录，一面作画，还追影视剧，看拳击、散打比赛，约见八方宾客。我去拜访，本意在出版他老人家的著作。不久落实《太阳下的风景》新版上市，正是那次拜会的结果。当时黄先生特别强调，他的书一定要平装价廉，让更多的人买得起。附带说一下，最近我们为了纪念汪曾祺先生一百周年诞辰，正在出版汪先生的著作《羊舍的夜晚》典藏版。这部著作的初版，还有一个特别之处，那就是它的封面与插图，都是当年黄先生专门为此书创作的木刻作品。前不久，我们从黄先生那里拿到使用授权，很快就会有新版面世。

　　见过黄先生之后，我再去翻读黄先生的有关著作，心中产生了无限的感慨与敬佩。为此我曾写过三篇文章《大师的禅意》《你的劳作简直像宋朝人》《没有不读书的一天》，其中后两篇文章，收入了我的《两半斋随笔》。其实那次短短的见面，还有许多难忘的事情，时时在我眼前浮现。比如黄先生一家人都珍爱小动物，甚至遇到流浪的小狗小猫，他们也会精心收养。进入黄先生家，会见到那些猫猫狗狗满身轻松，随便在房间里走来走去。我与黄先生谈话时，一只胖胖的大猫走过来，趴在我与黄先生之间，坦然睡下，口鼻中还发出轻轻的鼾声。在那里，没有人打扰它们。黄先生还谈道，早晨，小狗狗时而会跳到他的身上，蹦一蹦，叫醒他。

更让我难忘的是《太阳下的风景》出版后，黄先生还不失礼节，在二〇一九年六月六日，又约我们去万荷堂家中做客。那时老人家刚从湖南回来，心脏不大好，但依然与我们聊天几个小时，签送我们他的新著《水浒人物及其他》，一起吃晚饭，一起去他的画室，观赏他尚在创作中的一幅巨大的画作。那天天色渐晚，一入画室，我确实受到了震撼，一座独立的房子东西延伸，南北都有对开的大门，房内高高的举架没有吊顶，地面种种器物之间，一张巨大的画案随向摆放，一幅尚未完成的大画整齐卷起，安放其上。几个人慢慢将画轴放开，巨大的尺幅，巨大的创意，巨大的图案，都使我心生惊叹，无以言表。创作时，黄先生会将画布固定在墙上，架起人字形的梯子，手持画盘画笔，走笔画间，忙上忙下。

　　一位年近百岁的老人，似乎有些老弱，不，老而不弱。他巨大的气场，一直压得我们喘不过气来。漫长的道路，曲折的人生，孕育出这样一位亦神亦仙的人物——黄永玉先生。那个时代的磨砺，这个时代的隐忍，都在我的心上刻下深深的印记。李太白《与韩荆州书》云："白闻天下谈士相聚而言曰：'生不用封万户侯，但愿一识韩荆州。'何令人之景慕，一至于此耶！"走出万荷堂，我在口中吟咏不已。

最后说沈昌文先生。他是我的师父,多年来我写他老人家的故事最多。记得从黄永玉先生家出来时,他的女儿把我们送出大门,又叫住我说,麻烦您致意沈昌文先生,父亲希望有机会请他来家里做客。此时沈先生八十八岁,我们正忙着为他编写纪念集《八八沈公》,约作者,落实出版社,为沈先生拍摄艺术照片放在封面上,八月份还要安排沈先生到上海,参加上海书展的新书首发式。为此我写文章《再说沈公两件事》,收入《八八沈公》中。从上海回来,又在北京开会,为沈先生庆生。就这样忙来忙去,不觉来到年根,突然疫情暴发,暂时没有了见面的机会。

疫情防控期间,草鹭文化搞了一个网上营销活动,做一些名家的作品销售。其中四月份,做了第一个专题"沈昌文先生"。从他的第一本著作《书刊成本计算》起步,一直到《八八沈公》，请他讲述自己六十多年的文化生涯，还要在一本本旧著上，逐一留言签名钤印。我们把这些资料汇编成图册，奉献给沈先生的粉丝们收藏。还为沈先生拍视频，在网上播放。疫情最紧张的时候，沈先生甚至坐在街边，戴着口罩、帽子，全副武装，为赶来的草鹭小朋友签书。那次的网上"沈昌文先生回顾展"很成功，几万元的商品几乎被秒杀。尽管沈先生的活动这样热闹，但家中的白大夫还是严格规定，签完字、采访完立即回家，不准在外面吃饭，不准多见人。所以我们只好买几盒点心，让沈先生回家独自享用。直到八月初，饭店正常营业了，新发地疫情平息了，我们才正式请沈先生出来，来到一家小酒馆，照例请他坐上座，与诸位好友把酒言欢。时隔八个月，我们见面时自然是一个深深的拥抱，他告诉我："（《书后的故事》）那篇序快写好了，过几天发给你。"我附在他的耳边问："师父，很久不见。您还认识我么？"沈先生笑着说："你就是变成尸体，我也认识。"

郭书春先生

自一九八二年大学数学系毕业，我一直从事编辑工作，至今已有将近四十年的光景。在漫长的职业生涯中，因为工作需要以及个人的兴趣，我接触过许多优秀的作者。如今回忆起来，哪一位作者最让我难忘呢？总览全部所识所见，在前几位的人物中，一定包括郭书春先生。我们之间的那种友谊，不单是通常的编创关系，更有人与人之间，彼此在心灵上的尊重与认同。尤其是在学识与人品上，我对郭先生最为敬佩，始终视他为自己做人做事的老师，心目中一生的朋友。

时值郭先生八十寿诞之际，就让我打开记

忆的闸门，以郭先生的几部著作为标题，说一说彼此交往中几段难忘的故事。

《九章算术汇校本》

郭书春先生是《九章算术》研究专家，堪称当今此领域中第一位的人物。前不久，还有几个出版社的编辑找我，谈到在国家为中小学推荐的阅读书目中，有郭书春先生注释的《九章算术》。他们希望我能够帮忙联系到郭先生，推出新的版本。作为一个职业出版人，见到自己编的书能够成为经典著作，能够在几十年后，依然得到业界与读者的重视，实在是一件令人欣慰的事情。而更令我欣慰的，正是通过这部书稿，我有幸认识了郭书春先生。

我是在一九八二年初，大学数学系毕业后，分配到辽宁人民出版社工作的。当时地方出版社还不够发达，出版的学科不全，主要偏重于编辑人文类的著作，所以出版社的人员构成，大多以文史哲专业的编辑为主。辽宁人民出版社有文教编辑室，只是为了出版中小学教材教辅，才招来了几位理科编辑，我即其中之一。当时有一位老编辑王常珠，她负责组织编辑一些理科书，主要是数学方面的著作，如徐利治"运筹学小丛书"、梁宗巨《世界数学史简编》、方嘉琳《点集拓扑学》等。我到任后给王常珠老师做助理，很快结识了那些大学者。其中与梁宗巨先生接触最多，一是出于我个人对于数学史的爱好，二是因为我接手梁先生的新著《世界数学通史》，还有我向梁先生组稿《数学历史典故》等。当时梁先生任《中国大百科全书·数学卷》数学史学科负责人，很有学术地位，他又是我们出版社的功勋作者，一部《世界数学史简编》名声显赫。梁先生的书稿不但文笔好，而且手稿一字不错；写错了字，也会用刀片刮掉，重新写上正确的字，绝不肯涂抹。因此出版社对梁先生十分信任，每年研究选题，都要征求梁先生的意见，请他品评或推荐作者与作品，我们对他可说是言听计从。梁先生历来出言谨慎，眼光又高，他肯推荐的作者很少。大约在一九八五年，我已经担任辽宁教育出版社理科编辑室主任，一次去大连梁先生家中，谈论书稿之余，我又请他推荐作者，他很明确地说："中科院科学史研究所有一位青年人郭书春，虽然只是助理研究员，但他关于《九章算术》的研究非常出色，你们如果有能力，我建议能出版他的著作。"我回到沈阳后，立即向出版社领导汇报梁先生的意见，并且安排在一九八六年四月去京，约见郭书春先生。

我们相约在新街口宾馆见面那天，正赶上郭先生参加申报职称的报告会。为了遵时见面，会议安排郭先生第一个做申报副研究员的报告。大约在十点钟，郭先生赶到宾馆。那时宾馆的条件很差，没有咖啡厅，客房也是多张床位，与陌生人混住。我们就坐在房间的床头柜前，一谈就是几个小时。到了下午一点钟，我们在楼下食堂吃了便饭，我记得食堂只有几毛钱的馒头、咸菜。后来我在日记中，记下了这次与郭先生接触的印象："我第一次见到郭先生，他在外貌上，不像梁先生那样学究气十足，谈话极其朴实、坦率，加上高高壮壮的身材，一副典型的山东大汉形象。我认真倾听郭先生关于《九章算术》研究的全部计划，包括出版《九章算术》汇校本，以及他与法国林力娜女士合作，翻译出版《九章算术》法文版等等。交谈中，我渐渐被郭先生的学术水平和工作精神感染了，理解了梁先生举荐的道理。"

我记得，当时郭先生讲述他的研究计划滔

滔不绝，我能够听懂的学术内容不多，但他诉说此项研究时的条理清晰，尤其是他认真的工作精神，实在让我折服。他说了些什么呢？二〇一三年，郭先生在《重视科技古籍的整理出版》一文中，详细讲述了那时候他对于《九章算术》的学术思考与研究。他写道：

　　二十世纪八十年代初，我遵从数学史界前辈严敦杰的指示，看了豫簪堂本《九章算术》，发现钱校本关于此本的描述有误，可见钱校本并不是没有失误。我有一个"毛病"：发现问题后，喜欢穷追到底，便开始校雠不同的版本。后来又从著名珠算史家余介石夹在我所图书馆藏聚珍版《九章算术》中的一页笔记中，得知向达先生说乾隆命馆臣修订过聚珍版，原藏避暑山庄，今藏南京博物院，于是在研究所当时领导、江苏省文化和旅游厅原厅长夏荣和南京博物院梁百泉院长的帮助下，三下南京，校雠了这个本子。通过对近二十个版本的校雠，发现从戴校各本到钱校本《九章算术》的版本一直非常混乱。钱校本破除对戴震的迷信，纠正了戴震的若干错校，贡献极大。然而他对南宋本、汲古阁本、大典本、聚珍版、微波榭本、李潢本等《九章算术》主要版本的使用都有严重失误。同时也发现戴震、李潢、钱宝琮等有大量错误校勘，尤其是将南宋本、大典本数百条不误的刘徽注原文改错（关于《九章算术》的校勘，主要是对刘徽注的校勘），从而破除了对钱校本的迷信。我经常将自己的心得拿来在研究所和数学史界做学术报告，许多人吃惊、赞同，然而也有人说我"反钱老"，我答曰："毛泽东的失误都可以批评，钱老的失误不能批评吗？钱老是真正的科学家，他若知道我的结果，肯定会支持我！"但即使在这时我仍然没有全面校勘的想法。一九八四年秋我写了《评戴震对〈九章算术〉的整理》一文，呈吴文俊先生审阅。吴先生当即回信，对此赞扬有加，并提出"希望能发表你关于这几种版本不同处的全部对照表"。然而对怎样发表"全部对照表"，我根本不懂，就请教李学勤先生。他提出"搞汇校"，鼓励我做全面校勘。于是我才有了全面校勘《九章算术》的想法。我是学数学的，文史知识先天不足。校雠各种版本是机械性劳动，没有问题。但我对校勘则是一知半解。只好边干边学，废寝忘食，"恶补"了大量关于版本、校勘的知识，我常借用恩格斯的话，把这一过程叫作"脱毛"。一九八六年初，我基本完成了汇校。由于《九章算术》的南宋本脱后四卷和刘徽序，而四库本和聚珍版都不宜作校勘的底本，因此在校勘中，我提出了通过几个子本对校恢复已失传的母本的办法，具体说来，就是通过四库本和聚珍版对校恢复已失传的戴震辑录本。这种做法得到许多学者的支持，当然也有人认为我是在"杜撰"一个版本。我的这种方法确实不见于校勘学教程，但是，我至今认为是正确的、科学的。

见过郭先生，回到出版社后，郭先生的书稿《九章算术汇校本》，立即被列入重点出版计划。恰好在这一年六月，我出任辽宁教育出版社副社长兼副总编辑职务，对于这样重要的项目，操作起来有了更好的条件。比如书稿需要用繁体字排版，但辽宁找不到能够排繁体字的工厂，于是出版科联系到深圳的一家排版公司。那家公司不是专业的书籍排版公司，更不懂古籍与科技书的排版技术，因此排出的样稿错误百出。无奈之下，在一九八九年九月，我只好带着出版科孙树慈主任，陪着郭先生去深圳校对书稿。那时深圳的天气很热，酒店的条件不是很好，每天只是定时给开几个小时的空调。我们三个人住在一个大房间里，没有桌子，郭先生从早到晚俯身在床头柜旁，一改就是一天。郭先生校对一页，工人师傅修改一页，改得不对，还要不断返改。在这个环节上，我跟孙主任帮不上忙，只能给郭先生烧水、买几元钱的盒饭，与排版公司沟通，或者上街购物。那时深圳特区与内地差异很大，可以购买的东西很多，但郭老师没有上过一次街，也没有买过一件东西。后来深圳排版公司的老板麻光先生也被感动了，请我们去一家饭店吃饭，喝散啤酒。结果把我给弄醉了，但郭老师酒量巨大，一面应付，一面照顾我。后来我见到郭先生对书稿的认真达到近乎痴迷的状态，就劝他说："不可能绝对没有错误，再重要的出版物，也是允许有差错率的。"郭先生正色答道："不行啊！我们号称是汇校本，因此不同寻常，一个字也不能错。"

　　一九九〇年十月，《九章算术汇校本》出版，席泽宗、梁宗巨、李学勤、李文林等先生都写了推荐信。第二年该书即荣获中国教育图书一等奖。一九九八年，郭先生译注《九章算术》由辽宁教育出版社出版。二〇〇四年，辽宁教育出版社与台湾九章联合出版《汇校〈九章算术〉增补版》。《九章算术汇校本》第三版改名《九章算术新校》，由中国科学技术大学出版社出版。二〇〇四年，《九章算术》中法对照本由巴黎 Dunod 出版社出版，郭先生与法国国家科研中心（CNRS）林力娜（K. Chemla）博士合作；二〇〇六年六月，此项目获法兰西学院平山郁夫奖。二〇一三年，《汇校〈九章算术〉增补版》入选国家六十年来古籍出版"首届向全国推荐九十一部优秀古籍整理图书"。二〇一五年，"大中华文库"汉英对照本《九章算术》（郭书春今译，Dauben、徐义保英译）出版。二〇一九年，《九章算术汇校本》《中法对照本九章算术》列入《中国大百科全书》第三版词条。

"中国古代科技名著译丛"

完成《九章算术汇校本》出版之后，我对郭先生有了更多的了解，我们也成为事业上的好朋友，工作中我经常会向郭先生请教，不断得到他的支持。本文略举两个例子。

其一，一九九一年四月间，我向郭书春先生求教，请他策划一套"中国古代科技名著译丛"。最初我希望郭先生出任主编，但他说自己资历不够，建议请出李学勤先生主持这项工作，他自己可以做一些具体的事情。李学勤先生也是一位十分谦和的人，几经邀请，他才肯出任丛书主编。当时我在工作日记中记道："李、郭两位先生为人极好，宽厚通达，做事认认真真。李先生知识面宽广，书目精熟；郭先生做事踏实，任劳任怨。"四月十二日，郭先生来信说："为此事我征求了几位同志的意见，褒贬不一。薄树人等认为不好做，卖不出去。潘吉星认为很有意义，肯定有销路。席泽宗也认为可以做。"

一九九一年四月初，我们召开了第一次编委会，在会上发生了一点情况。当时宣布李学勤做主编，郭书春做副主编，潘吉星等做编委。潘先生参加了会议，散会后，在七月十五日至十九日间，潘先生连续给我写了三封信，最长的一封达六页。他主要谈三个问题。一是对编委会的评价，言语激烈，我不复述。二是他谈到许多好题目，确实有水平，例如，他在谈首批书目时写道："我提出《天工开物》《齐民要术》《花镜》《洗冤集录》《饮膳正要》《救荒本草》。闵宗殿提出的《农书集锦》也很好，一本不成，再来一本，把讲斗鸡、斗蟋蟀、养鸟、养金鱼、栽果树、饮茶等都投放出去，看的人一定不少。"三是谈他研究《天工开物》的著作。潘先生曾在辽宁教育出版社出版过专著《肖莱马》，还为《数理化信息》组稿写稿，对学术研究很有见地，与我们有着很好的业务往来。这一次他说："我可以参与搞一些东西，但退出编委会。"后来这套译丛陆续出版，其中推出许多好书，如郭书春《九章算术》、江晓原《周髀算经》、胡维佳《新仪象法要》、姜丽蓉《洗冤集录》、孙宏安《杨辉算法》、廖育群《黄帝八十一难经》、汪前进《岛夷志略》等。

其二，一九九五年间，我请沈昌文、杨成凯、陆灏先生策划大型丛书"新世纪万有文库"。在确定书目的过程中，沈先生对我说："这套书是追随二十世纪三十年代商务印书馆王云五先生主编的'万有文库',他们出版的四千多册图书中,收有许多科技类的著作。我们几位策划人都偏重于人文学科,科学方面的书目,还要请你老兄自己开列。"我当时推荐了李醒民、郭书春等先生。郭先生编《算经十书》两册,收入"新世纪万有文库"第三辑中。后来台湾九章算术出版社联系,出版了这个版本的繁体字修订版。直到二〇〇〇年,郭先生还在为"新世纪万有文库"组织书目,他在一封信中写道:"最近我搞了个科技方面的书目,数学除已出的《算经十书》,有宋《数书九章》《详解九章算法》《杨辉算法》,元《测圆海镜》《益古演段》《算学启蒙》《四元玉鉴》。这样,中国传统数学辉煌时期的主要著作都有了。明清时期应从严掌握,珠算方面的应上一部,以《算经统宗》(明)为宜。贵社能否在'新世纪万有文库'中安排这些著作，同时在台湾孙文先处出版？请酌。《四元玉鉴》，天津李兆华与美国程贞一搞了一个校勘本，不知他是否给了陕西。"

说一点题外话，其实早在一九九〇年，我在组织出版"国学丛书"时，已经遇到过类似的情况。当时丛书策划人有葛兆光、冯统一、王焱、陶铠、李春林、梁刚建，他们提出，中国传统文化门类，应该加上科学技术板块。葛先生说："我们这些人对自然科学方面的学者不够熟悉，我知道李俨、钱宝琮两位前辈已经过世，还有一位严敦杰先生，是否可以请他来做编委呢？"我回答说："严先生已经在两年前过世。"那还有谁呢？我推荐了杜石然先生。杜先生参加编委会后，曾经申报过一个题目。后来编委会决定，编委们每人提交一篇文章，汇成丛书第一册《国学今论》，其他著作主要由中青年学者撰写。杜先生提交的文章是《明代数学和明代社会》，他还推荐了刘钝《大哉言数》、廖育群《岐黄医道》，以及葛先生也曾提到的江晓原《天学真原》。

《李俨钱宝琮科学史全集》

大约在一九九八年，辽宁教育出版社经济形势很好，希望能做一些重点学术项目。我跟郭先生商量，提到整理出版李俨、钱宝琮两位前辈的著作。郭先生说，这件事情有难度，但非常有意义，他愿意与刘钝先生一同承担这项工作。在此后一年的时间里，郭先生废寝忘食，一鼓作气，将十卷本《李俨钱宝琮科学史全集》整理了出来。交稿时郭先生对我说："为这部书稿，把我累坏了。可是李钱二老堪称我国科学史研究的祖师爷，他们的著作得以整理出版，是我们多年的愿望，就是累死也值得！"

一九九八年末，《李俨钱宝琮科学史全集》出版，第二年就荣获国家图书奖荣誉奖（实际上是最高奖）。一九九九年三月二十六日，《光明日报》用整版的篇幅，采访了郭先生与我，题曰《为了学术的传承——与郭书春、俞晓群对话》。文中郭先生谈道："我觉得李钱二老除了给我们留下了不可估量的学术成就外，他们的研究方法和学风以及所建立起来的学术基础，对中国科技史界同样影响很大。比如对当前数学研究的影响。著名数学大师、中科院院士吴文俊先生近年来在机械化证明方面做出了杰出贡献，他认为他自己的机械化证明的想法就来自中国古代数学思想。而作为现代数学家，他不可能投入大量精力去啃《九章算术》，他说正是从李、钱二老的著作中体会到中国古代数学机械化、算法化的特点，这对他机械化证明的研究给予了很多启发。更为重要的一点是，数学与其他学科不同，可以说，我们今天进行的分数四则运算与《九章算术》中的方法没有什么区别。现在中小学课本受西方影响很深，而其实，有些算法中国古代比现在还高明，如果我们能很好地吸收中国古代数学思想，对改进数学教学会很有帮助。第三，研究科学史有利于我们总结科学历史发生发展的规律，总结经验教训。研究中国数学史，对于指导我们当前的数学研究很有帮助。为什么明朝之后中国数学开始落后？为什么清朝从事数学研究的人数之多在历史上是罕见的，却没有使中国数学得以振兴？我觉得其中原因值得认真总结。钱老对此就有很多思考。我们同行碰到一块儿，经常谈论的话题就是李、钱二老的书能不能重印，而出全集却是我们谁都没敢想过的。学术著作卖不了几本，像辽宁教育出版社这样甘心赔本出学术著作实在难得。"

《李俨钱宝琮科学史全集》出版后，学术界更是好评如潮。江晓原博士就在一篇文章中写道：“出版《李俨钱宝琮全集》，此书卷帙浩繁，凡十巨册，为科学史方面重要史料。科学史界咸称颂之，以为功德无量。我可以提供一个具体例证，我有一套此书置科学史系办公室，至今本系博士、硕士研究生频繁借阅不绝，如此嘉惠后学，诚令人感念不已。”对于这样的赞誉，郭先生也很兴奋，并且有了新的工作计划。他在二〇〇〇年一月来信写道：“上月我们开了纪念严敦杰逝世十周年学术研讨会，吴文俊、孙克定两位老先生来了，他们呼吁出版严敦杰的著作，我们感到难度较大，怎么搞，尚未有可操作的计划。不过想先出版李俨给严敦杰的信，据说有七百余封，都是学术性的，严敦杰的儿子也同意交出。我问了版权局，版权局沈仁干说著作权由李俨家属继承，可适当给严家保管费。我与刘钝商量，如出版，保管费最好由李俨子女从稿费中支付。数学史界对此呼声颇高，不知贵社是否有意于此？我想，这是李俨的信，作为对二老全集的补充，你们能出版是最合适的，请酌。"

但是，时过不久，郭先生病了。二〇〇〇年六月六日，郭先生来信，谈到自己此前生病的过程。他写道："我的身体，算是虚惊一场。目前恢复到二月底发病以前的状况。只是戒酒了，另外晚上睡觉提前到十一点，工作强度进一步降低。对二月底至三月下旬的病，我原有精神准备，原以为会在去年十月底交二老稿子之后，人松了劲会病。但想不到肺部会有阴影，更想不到大夫会怀疑是肺癌。四月二十几号那天，心情很难受，觉得会过早告别这个美好的世界、美好的数学史工作。后来也想通了，觉得这一生比上不足，比下有余，自己写了经得起时间考验的汇校《九章》与《刘徽》两书，又编了《汇通·数学卷》与《李俨钱宝琮科学史全集》，为本学科尽了点力，心里也就坦然了。因此住院二十天，像疗养一样，照样工作，大夫、护士都劝我休息，要养病。我说，我真把自己当病号，就糟了。后来大夫向我了宣布'好消息'：他们倾向于是结核，不像癌症。试验性按结核治疗，了却了一场虚惊。当然，也不是确诊，因为痰里查不出结核病菌，也无法用气管镜或穿刺。五月下旬又做了 CT，去通县（今通州区）复查，阴影部分在缩小，大夫认为这加强了他们的判断。"

读过这封信，我的心中一阵抽搐，在工作日志中写道："今天，郭书春先生又来了一封长信，谈的是工作，也谈到他今年以来生病的过程，读罢让我感伤不已。自从一九八五年，梁宗巨先生向我引荐郭书春，我在北京新街口宾馆与他第一次见面，一晃已经是十五年前的事情了。那时郭老师还像一个棒小伙子，满身都透射着学术活力。……这些年，我们不断地催促郭老师写东西，希望他快交稿、快交稿。他每天都要工作到深夜，尤其是编完《李俨钱宝琮科学史全集》后，他对我说：'完稿的那一天，我出门都差一点摔倒了。'没想到，他由此得了这样一场大病。我不禁扪心自问，在学术的整体性与学者的个体性之间，我们出版人究竟充当了什么角色？你看，郭老师经历了那样的艰辛与磨难，他戒酒了，但每天还要工作到深夜十一点。想到这些，我的眼睛变得模糊起来，已经看不清郭老师信上的文字。"

四、《论中国古代数学家》

二〇〇三年，我离开辽宁教育出版社，到

辽宁出版集团工作，因此与郭先生接触少了，但遇到问题时，还会见面或书信交流。比如《九章算术汇校本》修订再版，直至第三版出版时，版权转给中国科技大学出版社，郭先生都会事先通知我，并征求我的意见。他那谦逊温和的君子风度，至今让我难以忘怀。二〇〇九年，我来到北京海豚出版社工作，依然保持着与郭先生的交往。每当有数学史界的老朋友来京，诸如道本周先生、林力娜女士等，郭先生都会事先告诉我，时而会有相见的机会。当然编创之间的交往还是存在的。那是在二〇一四年，我给郭先生写信，希望他能抽出时间，为青少年写一本中国古代数学家的故事。此时郭先生极忙，但他还是答应了。在一年的时间里，他陆续发来几封邮件，与我们探讨这部小书的写法。邮件虽短，但其中包含着许多重要的学术观点，并且郭先生的学术风格依然是那样踏实、认真。在这里，我节录几段郭先生的信件。

二〇一五年二月十七日：很感谢贵社将拙作纳入小开本精装书出版。考虑再三，我想将二十世纪九十年代发表的关于刘徽、贾宪、秦九韶的三篇文章结集，定名为《论刘徽、贾宪、秦九韶》。这三篇文章是：《刘徽——总算术之根源》（《科学巨星》[9]，陕西人民教育出版社，1998）；《贾宪》（《世界数学家思想方法》，山东教育出版社，1994）；《秦九韶——将数学进之于道》（《科学巨星》[6]，陕西人民教育出版社，1995）。这三篇文章都是在我已有论文的基础上综合而成的。我关于《九章算术》和刘徽的工作，学术界比较了解，因为我的工作使人们认识到刘徽不只是中国古代的一个重要数学家，而且是最伟大的数学家，是中国传统数学理论的奠基者。我关于贾宪、秦九韶的工作，学术界可能知之不多。自清中叶以来，人们一直认为，贾宪的著作已亡佚，只是片段被杨辉《详解九章算法·纂类》抄录。我根据对《详解九章算法》内部结构的分析及杨辉自序，发现杨辉此书不是如以往人们认为的含有《九章》本文、刘徽注、李淳风注释、杨辉详解四种内容，而是由《九章》本文、刘徽注、李淳风注释、贾宪细草、杨辉详解五种内容组成。从而认定贾宪的《黄帝九章算经细草》并未完全失传，目前尚存三分之二，得出贾宪是宋元筹算高潮的奠基者，以往人们将秦九韶、李冶、杨辉、朱世杰称作"宋元四大家"是不妥的。对秦九韶，学术界的主流看法是相信刘克庄、周密对秦九韶的诋毁，认为秦九韶成就极大，人品极坏。我将秦九韶放在南宋末年吏治黑暗，南宋统治集团内部抗战、投降两派斗争激烈的背景下考察，由于秦九韶支持以吴潜为首的抗战派，刘克庄、周密都投靠投降派贾似道，因而刘克庄、周密对秦九韶的诋毁是不足信的。而秦九韶的《数书九章序》反映出秦九韶关心民间疾苦，同情底层老百姓，主张抗战，关心国计民生，有强烈的仁政思想。这三篇文章的字数可能约十至十一万字，我正在请人打字。这样做不知是否合适？请酌。

二〇一五年三月十八日：原来估计字数不对，所以只汇集关于刘徽、贾宪、秦九韶的三篇拙作。目前统计，这三篇仅约八万二千余字。因此想补充关于张苍、王孝通、李冶的三篇拙作，如此统计字数约十一万五千余字，删节后可控制在十万字。关于张苍、王孝通、李冶的三篇拙作的情况如下。刘徽说《九章算术》经张苍、耿寿昌删补而成书，可是自清中叶戴震整理《九章算术》，说戴震不可能删补《九章》之后，张苍就被赶出了著名数学家的队伍。我通过对《九章》内部结构的分析，并借助日本学者关于《九章》反映的物价的分析，以及刘徽的人品，证明刘徽的看法是对的。刘徽的论述与现存任何文献都没有矛盾，相反，戴震、钱宝琮等否定张苍删补《九章》的看法却与史料矛盾，由此恢复了张苍著名数学家的地位，并在此基础上论述了张苍的贡献。钱宝琮认为王孝通在天文上是保守的，在数学上是了不起的革新者。我认为王孝通尽管对三次方程解法有贡献，但他指责祖冲之《缀术》全错不通，恐怕是与隋唐算学馆学官一样"莫能究其深奥"。而且他贬低前贤，吹嘘自己，不足为训。自清中叶以来，中国数学史界对李冶的误解特别多，比如说李冶是天元术的发明者，其《测圆海镜》是为阐发天元术而作。实际上，关于天元术的早期著作均已亡佚，李冶著《测圆海镜》时，天元术早已成熟，它只是现存最早的使用天元术的著作。《测圆海镜》根本不是为了阐发天元术而作的，而是一部阐发"洞渊九容"的著作。又如两百多年来，说天元式就是方程，由天元术建立的方程一次项旁都标"元"字。实际上，这都是以讹传讹，天元式是多项式，不是方程。两个等价的多项式相消后得出的方程，与传统方程一样，是不标"元"字的。另外，首次提出李冶在金亡之后因为长期寓居道观，所以受道家影响特别深。还确定了李冶被授翰林学士的确切年代（《元史》等有四五种不同说法）。

二〇一五年四月十六日：我想定名为《论中国古代数学家》，不知你们以为如何？三月十八日邮件中所说的张苍、刘徽、王孝通、贾宪、秦九韶、李冶等六篇拙作刚请打字社打好，统计字数十万九千字。因为我目前主要投入编《数学典》（今年必须出版），估计五月中旬才能将这六篇文章加工完。一加工完，即奉上。

行文及此，我还想到两件难忘的往事，附记于本文的结尾处，权作一个出版人，一个后学者，向郭先生致以真挚的敬意与感谢。

其一，我在编辑工作之余，一直从事中国古代数术研究。对此郭先生也曾经给我许多指点与帮助。比如一九九一年，那时我正在为三联书店撰写《数术探秘》，围绕着这个主题，曾经发表过几篇论文。一九九〇年十月写成《数在中国传统文化中的意义》一文，寄给郭先生指导。郭先生回信写道："讨论非计算意义的'中国数'非常有意义，你的许多论点也有创见，别开生面。但文中有几处不太准确，我用铅笔勾了一下。一是哲学界到宋代仍有'周三径一'的说法，我勾掉了'哲学界'，实际上，在数学与天文历法中也常使用周三径一，郭守敬制定授时历，便用周三径一。此句之前，中国人很早就认识到圆周率是一个小数，我改成了'不是整数'，小数的认识应在宋金时代。历法自汉至元停止了一千多年，提法不妥。迟迟没产生小数的问题，是因为在各个民族数学史中，都是先认识分数，很久之后才认识小数，尚未见到例外情况，这可能是一个规律，与'中国数'关系不大。中国人认识并使用小数在各民族中是最早的，小数的使用在唐中叶之后已屡见，宋秦九韶《数书九章》（1247）、元李冶《测圆海镜》（1248）已有完整的小数表示。"我的文章，后来发表在《自然辩证法研究》上。

其二，对于早年出版《九章算术汇校本》的经历，郭先生一直念念不忘。直到二〇一三年八月，我参加古籍整理出版专家评审会，报到时会议组织人员见到我，纷纷指点说："这位就是郭书春先生提到的俞晓群。"当时我一脸蒙,不知就里。一打听才知道,原来在此前召开的古籍整理学术专家评审会上,郭先生有一个大会发言,其中提到了我们合作的故事。他说道:"《九章算术汇校本》完成后,找出版社时却到处碰壁。借口是'赔本',实际上是因为我当时是个助研,没有名气。正在这时,全国政协委员、辽宁师大梁宗巨教授向辽宁教育出版社俞晓群先生推荐了我的书。见面时我开门见山地对晓群说:我的书赔钱。晓群很干脆:只要书好,我不怕赔钱。我答云:我是个助研,但我做到了什么程度,我心中有数,我的书肯定站得住脚。俞晓群离开辽宁教育出版社时又嘱咐:汇校本的再版,郭老师什么时候做完,什么时候出版。这就是《汇校九章算术》增补版。我常想:要不是严敦杰先生,我不会搞《九章算术》的版本研究。要不是吴文俊、李学勤先生,我不会搞汇校。要不是梁宗巨、俞晓群先生，汇校本的出版要到猴年马月了。所以我特别希望当今学术界、出版界能够为从事古籍整理出版工作的年轻人创造良好的成长环境，发现人才，培养人才，大力提携人才，真诚尊重、细致关心、充分信任他们，让更多的人才快速成长，从而壮大古籍整理出版队伍。"

韦力，一位特立独行的访书人

　　近日韦力先生新著《书楼探踪》（江苏卷）出版，我捧在手上，身边放着韦先生此前出版的"书楼系列"著作：《书楼寻踪》、《书楼觅踪》与《书楼探踪》（浙江卷），还有任继愈先生主编的三卷本《中国藏书楼》。几套书的出版时间，始于二十一世纪初年，至今已有二十多年的光景。

　　说来二十年只是历史的一瞬间，但你看一看《中国藏书楼》的编委名单：季羡林、任继愈、李学勤、来新夏、白化文、安平秋、萧东发，一个个学术界的大人物，如今多已驾鹤西去。由此想到《论语》中的话："子在川上曰：

'逝者如斯夫！不舍昼夜。'"大师远去，此时我们除了叹息人生的短暂，还会想些什么呢？当然是先辈们留下的典籍与成就，还有后学们承继前贤，做出的更为出色的工作。说到出色，在我的心目中，当代访书人，首推韦力先生。

评价韦先生的成就，我最看重三点：一在藏书，二在著书，三在访书。藏在研究，著在思想，访在实证。三者结合，使韦先生成为当今书界的一代大学问家。如果做一点深入分析，在韦先生的书生活中，访书人的身份与经历，最为让人震撼，也是他一生成就的基础。有评价说，韦先生的探访之旅，在学问上跨越时空，行为上特立独行，他是一位古今罕见的访书人。

这让我想到韦先生的另一部著作《书魂寻踪——寻访藏书家之墓》，其中记述了他实地寻访的焚书台，以及几十位读书大家的墓地。书中的名目有：焚书台、刘德、刘向、班固、孙觌、郑樵、王应麟、解缙、李开先、范钦、陈第、朱国祚、朱彝尊、钱谦益、柳如是、祁彪佳、黄宗羲、吕留良、梅文鼎、王士禛、万斯同、全祖望、戴震、纪晓岚、姚鼐、郝懿行、黄丕烈、杨以增、翁心存、翁同龢、郑珍、冯桂芬、曾国藩、莫友芝、陆心源、黎庶昌、杨守敬、孙诒让、李盛铎、罗振玉、张钧衡、傅增湘、周子美。面对这一连串的名字，韦先生多少年风雨兼程，一一来到他们的墓前，一一拜谒，一一留下笔记。古今比照，学问不作比较，藏品不可比较，单就人生轨迹而言，我们必须赞叹，韦先生访书人生的奇绝之处，堪称一次跨越古今、冠绝当代的壮游。他数十年坚持以最辛苦的实证工作为主导，坚持以一己之力为基础，几乎将全部生命的美好时光，血与肉，魂与魄，一并融入书籍的读、藏、访、考、辨。

其实韦先生访书，有一个周密而庞大的计划。从宏观构建到微观设计，每一个细节都精心谋划，精心布局。比如关于一个个访书专题的命名，他在《书楼觅踪》总序"九域芸香"中写道：在设计自己的微信公众号栏目时，"我把所有栏目冠一个'书'字，比如寻访古代藏书楼的文章，称为'书楼'；寻访友人藏书之处，则称为'书房'；前往图书馆去看里面的珍宝，则简称为'书馆'；每月友人所赠的大作，则称为'书物'。诸如此类，如今已分出来十个栏目。"其实它们正是韦先生"访书地图"的网络表达。伴随着韦先生寻访工作的深入与积累，他的访书栏目也在不断丰富、不断细分，不断升级，诸如书院、书魂、书坊、书肆、书店、官书局等，都有新的文章与著作陆续面世。

有了数十年寻访的基础，再伴以对相关典籍的研究，韦先生关于书的信息库迅速膨胀起来，学问的总括与认知水平，直逼当代文献版本学研究的巅峰。当然，这里面还有一个重要因素，那就是韦先生对于书，有着超乎常人的热爱。那样的情绪几乎达到偏执，带来的结果，自然是他超乎常人的勤奋。记得我几次陪伴韦先生去参加新书发布会，无论在飞机上还是火车上，他都会捧着一本书，坐在那里埋头阅读。他也会在火车站候车室的坐椅上，利用等候列车的时间空隙，为媒体赶写文章，一闷头就是六千字。奇怪的是韦先生如此用功，目力依然很好，我长他几岁，眼睛早已经花得一塌糊涂，近来又神奇变换，突然眼睛不花了，又转为近视与散光。韦先生却耳聪目明，看书不戴眼镜，不计时间，真是造化弄人，让人妒忌。

　　有了访书的积累，韦先生的学术地位不断提升。他一面讲学，一面参加学术会议。更为出色的是他的写作，由涓涓细流渐成涌泉，二十多年中，有近六十部著作面世。归结起来，韦先生的写作大体有五个方向：一是学术研究，如《批校本》《古书题跋丛刊》《芷兰斋书跋》《书目答问汇补》《鲁迅藏书志》等；二是藏书普及读物，如《得书记》《失书记》《古书之美》《古书之媒》《蠹鱼春秋》《铢痕探骊》《见经识经》等；三是文化觅踪系列，如《觅宗记》《觅文记》《觅理记》《觅诗记》《觅经记》《觅词记》《觅曲记》等；四是书友交流系列，如《琼琚集》《琼瑶集》等；五是寻访系列，除去前文提到的书楼系列，还有《上书房行走》《书魂寻踪》《寻访官书局》《书院寻踪》《书坊寻踪》《书肆寻踪》《书店寻踪》等。

如此丰富的著述，大体涵盖了韦先生与书相爱相拥的人生轨迹。至于其中的核心著作，我觉得还是寻访系列。这个系列的第一部著作，应该是二〇〇四年，河北教育出版社出版

的《书楼寻踪》，此书收入傅璇琮、徐雁主编的
"书林清话文库"中。从这部著作里，我们可以
得到两个重要信息：一是韦先生最初访书的时
间。他在此书的序文中写道："自 1997 年初开
始，至今匆匆逝去近五年，数十次寻访，其中
之甘苦难于尽述，然却保留下大量资料及照片。
在已寻访过的八十余座藏书楼中，至今有四座
已被拆毁。"二是寻访系列著作的文体。根据
《书楼寻踪》内文目录判断，此书原来的标题，
应该是"藏书访古日记"。由此说明，韦先生寻
访系列的文体，应该是日记体的札记。后来随
着寻访工作的深入，韦先生将其内容不断细分，
但写作初衷始终不变，基本文体也没有改变。

　　《书楼寻踪》之后，一直到二〇一七年，韦
先生在中信出版社出版了接续之作《书楼觅
踪》；二〇一九年，在东方出版中心出版了《书
楼探踪》（浙江卷）；二〇二〇年，在华文出版

社出版了《书楼探踪》（江苏卷）。在此系列的写作中，韦先生始终偏重于对私家藏书的探访、发现、研究与思考。比如他在《书楼觅踪》的序言"致敬历代藏书家"中写道："私家藏书始于何时，我未曾读到过确切说法，我所访得者，以时间论，二酉洞的时间似乎最为久远，是在遥远的秦代。有人会说，这不算私家藏书楼，但我不同意这种判断。首先，它不是官府藏书，因为这些书是那个时代的大儒伏生偷藏的。第二，这个洞即使不是伏生挖成的，至少也是他发现的，这样说来，该洞的所有权，或者发现权也同样不归官府……我访得此洞，就等于访得了中国私家藏书楼的源头了。"

最后关于韦先生的寻访成就，还有两点说明。首先是早在二〇〇〇年，辽宁人民出版社出版《中国藏书楼》，这是一部非常好的案头书，但它与韦先生著作的写法多有不同。一是前者官藏与私藏并记，后者主记私藏。二是两者对于藏书楼的定义不同。《中国藏书楼》是将寺院、书院等藏书形式列入其中，分官、私、寺、院四类并收。三是两者写作体例不同。前者是以论、史、表的形式，全方位论述藏书史，后者是以札记式的体例，以书与人为线索，实证藏书的历史与现实。其次是韦先生的书楼写作，从寻踪、觅踪到探踪，本着且记且作的办法，步步递进，大致按照藏书楼所在的地理位置分类，题目没有重复。比如江苏卷，《书楼寻踪》按江苏下辖地域记载，有常熟、扬州、镇江、苏州等地的内容；《书楼觅踪》按江苏记载，有三十条内容；《书楼探踪》亦按江苏记载，又有二十条内容，人物一直延伸到孙毓修、柳亚子、钱穆等。韦先生说，就这样且行且记，一步步积累下去，最终整理出一部比较完备的《藏书楼系列全书》。

新《围城》的故事

　　说到西方书籍装帧，我们已经有了近十年的学习和实践。回顾这段经历，有几段故事需要记忆。

　　最初是董桥的书，我们走的是香港牛津大学出版社林道群的设计路线。其中以《董桥七十》为标志，它的特点是使用了真皮、复合皮、仿皮、机制、烫金、藏书票等。该书面世时，令人眼前一亮，带来中国书装艺术的一股新风。

　　后来我们开始研究图书真皮制作的品质与工艺，曾经派吴光前、杨小洲、于浩杰等人多次去伦敦学习，找到桑格斯基的传人罗勃·谢泼德先生，跟他多次交流，并且出版了他的两部重要著作《随泰坦尼克号沉没的书之瑰宝》和《西方艺术中的灰姑娘》，还出版了仿真版《鲁拜集》。

说起来百年之前，西方书籍装帧艺术曾经极度辉煌，现在它的繁荣程度已经不如往昔，但它作为一种独特的艺术形式并未消亡。比如前面提到的谢泼德先生，他不但在继续制作手工书，而且开办培训学校，常年招收学员，而且还开办商店，销售制作西装书的工具和材料等。尤其是近些年，他收购了桑格斯基与萨克利夫留下的那个装帧公司，得到许多重要的历史资料，包括当年桑格斯基的设计草稿、图案、文字信件等。近些年，谢泼德先生之所以能有上述那两本书出版，正是这项收购为他带来的资料和相关授权的结果。

但在我们制作西装书的探索之中，真正的突破点是王强的著作《书蠹牛津消夏记》。王强是西书收藏家，出版这部著作时，他亲自参与设计，拍摄书影；选取牛津街市的图片，用于制作封面图案；还推荐一些经典的图案，镌刻在书的封面、封底和书脊上。制作此书，最大的难点是真皮版的工艺，其中有两个出彩的地方。一是材料，我们以往喜欢采用羊皮，这一次王强坚持用小牛皮，称其质地比较坚硬，便于印刷出烫金的效果。二是书脊上的五个竹节，以及竹节之间镶嵌的图案，都是王强与设计师一点点设计出来的。这里还要提到雅昌的制作能力，他们采取手工与机械制作相结合的方式，完美地实现了王强的设计创意。

再说恺蒂女士，她是作家、翻译家，又是西方书籍史研究的专家。今年以来，我们可以在草鹭文化的公众号上，读到恺蒂的许多文章在谈西方经典图书的故事。对我们许多人来说，那些文章的内容是全新的，再加上她专家的视野和优美的文笔，让我们能够如此方便地阅读和学习新知识，实在要感谢作者和网络的恩赐。更重要的是，恺蒂也加入了草鹭文化——这个以书装专业爱好者为核心的团队，这实在是读者的福音。近一段时间里，恺蒂与国内外同人互动，为挖掘一些珍贵的西书经典版本，做了许多非常出色的工作，不久会有一批西装书的新产品奉献给读者。

关于书籍装帧的事情，近些年我经常与陆灏交流。有时会谈到对于西装书的研究，陆灏最认可《书蠹牛津消夏记》真皮版工艺，他说如果我们做西方经典，在装帧形式上能达到那样的水平就说得过去了。所以他希望有机会的话，我们能延续这样的经验和工艺，创制出一些新的产品。

谈到西方传统装帧目前的状况，其实在西方业界，它也是三种工艺形式并存的：一是传统手工的装帧工艺，二是半手工、半机制相结合的装帧工艺，三是完全机制的装帧工艺。《书蠹牛津消夏记》是用半手工、半机制的装帧工艺完成的，《董桥七十》纯皮装版是用机制的方法完成的，但在选择皮料等环节上，耗费了很多人力。至于完全用传统手工艺制作的书，我们此前一直没有做过，但安排人去过谢泼德先生的作坊，见到过他们的制作过程。

　　近两年，我几次与陆灏探讨未来如何做书，他在选书上很有想法，也很有优势。谈到目前书籍装帧工艺的状况，陆灏觉得，上述三种工艺的产品都有市场需求，但是我们能否运用西方传统工艺，做一本纯手工制作的书呢？如果做，首选哪本书呢？陆灏喜爱钱锺书的文字，这一点陆迷们都知道，但喜爱到什么程度，他们却不一定很清楚。转来转去，陆灏还是想以钱锺书的著作《围城》开步，希望能在西式手工书籍装帧上，做一点全新的尝试。

选定《围城》之后，陆灏反复强调，制作品质一定要达到《书蠹牛津消夏记》的水准。在制作理念上，还要强调两个要素。

　　一是设计要出新，不能一味模仿，这也是王强一直坚持的原则。为此陆灏亲自动手设计，以《围城》一九四八年第一版的图案作为封面参照，有漫画的味道，线条简单，很适合手工拼皮的工艺制作。再者，我们以人民文学出版社一九八〇年一版一印的《围城》作为书芯，在此基础上重新制作，重新包装。

　　二是厂家的选取，因为这项工作已经跳出一般意义上的印刷制作，我们需要建立一个新的生产模式。陆灏从朋友处和网上知道一位西方手工书制作师，认为我们可以跟她交流一下。结果我们一拍即合。根据我们的设计方案，精心制作了近半年时间，诸如缝制、刷胶、书脊设计、定型、材料选择、绘制、拼接、烫金、切口鎏金等等，最终完成了这部手工制作、西式装帧的《围城》。外面还附有一个精致的书盒。

如今，这一本《围城》的制作早已完成，整体设计处处都反映着设计者的精准构思，以及制作者的高超技术。虽然文化跨越东西，艺术历经百年，但几个元素恰当而有机地融合，给人一种浑然一体的感觉，见到的专家都赞不绝口。

此时我想，《围城》（草鹭版）是一件既有艺术价值，又有商业价值的艺术品。更重要的是，它还是一种热爱和追求的现实表现，它必将带来一个领域的文化移植与融和，以及创建一种文化与商业结合的典范。

王强的书装

　　近年，王强有《书蠹牛津消夏记》《读书毁了我》两部著作上市。书写得好，装帧也引起人们的关注。如果我告诉你，这两本书的封面设计都是王强本人所为，你一定会感到惊奇。

　　一部《书蠹牛津消夏记》，封面图案是王强提供的，效果图是王强亲手绘制的，他又请来陆灏为封面题字。陆公子的字最难求，我经手的书，他曾给沈昌文著作题字"师承集"，王强是第二位，陈子善"签名本丛考"是第三个，被放在内页上，此后再无。

　　这部书的封面采取凸起的工艺，将牛津的一处街市图，清晰地反压在封面上。为什么叫

"反压"，因为那些图案采取正反两面制版的工艺，从背面施加压力，将凸起的画面呈现出来。封四印着乔叟的那匹小马，也是由王强亲自选定设计的，我们用新技术再现出来。还有书中的照片，都是王强自己拍摄的，他认为，插图也是书稿创作的一部分。当然王强这样做，还有深一层的原因，他的西书收藏神秘莫测，不会让他人翻动，拍照更不行，那只好他自己辛苦了。最重要的是书脊的设计，上面压着标准的五个竹节，竹节间的小画也是王强提供的，每一个细节都有出处。再有真皮的选择，那时我们惯用羊皮，手感温润，但王强坚持他的书要用小牛皮，烫金、着色、烫线、熨平，牛皮都能表现出更好的效果。

有了王强的创意，才有了设计师吴光前进一步的操作。书成之后，一时惊艳。美到何种程度呢？二〇一七年王强去香港参加书展，首次拜访董桥先生，席间王强送上一册真皮版《书蠹牛津消夏记》，董先生反复翻看，然后对坐在身边的香港牛津大学出版社总编辑林道群先生说："我的书，也应该做成这个样子吧？"我们知道，董先生的书大都在牛津出版，林道群操作，装帧精美绝伦，多年口碑极好，一直是我们学习的榜样，我们日常的口头禅是："看看人家牛津的书装。"如今王强转述董先生这样一句评价，我们有一点欣慰，也有惭愧，因为我们还没有把每本书都做得那样好。

接着这一部《读书毁了我》，它的普通装是由上海人民出版社世纪文景设计的，编辑为它起了很好的英文名字，封面构图极富冲击力，大受王强赞赏，称其为典型的西方书装风格。但这只是出版的第一步，接手这个项目的草鹭文化，是一个志在"书业深加工"的文化企业。文景的版本，只是产品的第一波，旨在面向大众读者，后面还有中产与"小资"等"中众"呢，再后面还有目光敏锐的收藏家、艺术家等一类小众呢。草鹭文化的指向是与出版社合作分工，在出版普通版的基础上，接着制作特装版，将大中小三个读者群"一网打尽"。

所谓特装版，就是要彻底改变图书的装帧设计、制作材料、营销风格与价格标准，在品质、格调、创意上下功夫，走艺术品、收藏品和奢侈品的路线。相对而言，书籍的创意空间很小，正如西方人把书装称为"艺术中的灰姑娘"，想要突破更是难上加难。

好在我们有王强，他是一个道地的书痴，性格上追求独立、完美与洁净，思想中饱含着承继与创意的强烈欲望。我问他《读书毁了我》特装本的设计建议，他再度表现出极为认真的态度，思考很久之后，他给出第一稿的设计方案：用沙黄色的材料为底，远处是海浪，近处是礁石，一位裸体的半卧者，身体健壮，他（她）抬起头，望着远方。书题字表现出海水倒映的感觉。设计师吴光前按照王强的设想，将第一稿设计出来，装成样书征求意见。品评者意见不一，王强也觉得未能尽意表达。

其间我们还请一些设计师参与创意，推荐一些西方经典著作的装帧样式，请王强选择。没想到我们每发给王强一本西方书的书影，他立即指出这是某年某人的设计，现在这本书由谁收藏等等，无需思考，如数家珍。推荐者感叹："王强对西方经典真是太熟悉了，我真的要跪了。"王强表示："我喜爱西方的书籍装帧，也支持这一门艺术在中国推广，但是我反对简单的移植与模仿，主张在继承传统的基础上，创新出具有个性的艺术。"

某一天，王强发来消息，他说废掉《读书毁了我》前面那个设计方案吧。他在重新思考时，一个雕塑的摆件触发了他的设计灵感：那是一根粗粗的树桩，上面站着一只象征着智慧的猫头鹰，地上站着一只硕大的棕熊，那熊举着手，望着树干的上方。王强告诉设计师吴光前，围绕这个构图做整体设计，将树桩换成一摞颜色不同的书，再在地上散落几片鸟儿的羽毛。工艺的细节要求：材料用小牛皮，整幅画以及书题字都要凸起，封四那只草鹭书标也要凸起，书脊依然是标准的五个凸起的竹节，运用烫花工艺，加热使皮革变色，呈现出典雅而含蓄的花色。

有了设计方案，我们开始研究制作工艺，结果还是遇到很多困难。比如替换树桩的那一摞书，五颜六色，运用传统技术根本没有办法做好。最后还是采取 3D 技术，将书的颜色完整地表现了出来。

草鹭于飞：书标的乐趣

作为一个职业人，他的生活乐趣可以有职业与非职业的划分。职业之外的爱好归于私趣，选项众多；而在职业之内，若能实现事业与个人私趣的吻合，那实在是一件天大的幸事。

那么我一生所愿追求的是什么样的职业生存呢？

我追求创立一个自己或同人的出版品牌。为此，我们需要像企鹅出版公司那样，设计一个标识，就是书标，或者最终演化成商标。我们的一切职业创造，都汇聚在这个标识之下，佳作恒久远，一册永流传。它正是我一生的职业追求。

二十世纪九十年代初，我在辽宁教育出版社工作，曾经主持设计了一个书标"脉望"，为书虫之意。当时赵丽雅为之撰文写道：

脉望的故事，见于唐段成式《酉阳杂俎续集·支诺皋》。古时读书人对蛀食书籍的小虫抱着复杂的感情，一方面是痛恨，但一方面也很羡慕。据说有的虫三次吃掉了书叶里的"神仙"字样，自己也就化为神仙，这就是"脉望"。"有时打开一本书，会忽地发现一条两三分长的银灰色的细长小虫，一下子就钻到不知什么地方去了。幸而捉住，用手指一捻，就成了粉……"据说这仙化为脉望的书虫，就是《尔雅·释虫》中的"蟫"和白色的"衣书中虫"（郭璞注），那么是在没有纸的时候便先有了"书鱼"。后来它就一直藏在书叶里，被各种各样的文字温暖着，至于"神仙"二字，其实倒是难得遇着。韩退之诗："岂殊蠹书虫，生死文字间。"也许是赞，也许是讽，不管怎么样，今先不妨取了这点意思来为"爱书人"作注。而食了"神仙"字之后的飞升，怕是"可遇而不可求"罢，只是这一点儿嘲讽式的浪漫特别让人觉得可爱而已。

脉望背后的人物有沈昌文、吴彬、赵丽雅、陆灏，以此为名义，又有了脉望策划的"书趣文丛"的面世。他们请来郑在勇先生为脉望设计形象，郑先生画出一朵云，云上面一顶博士帽，云还长着一双沈昌文式的大眼睛。后来这个书标成为辽宁教育出版社的注册商标，至今还在使用，另外，它也成为许多重要著作的书标。

那时我们还按照沈昌文先生的建议，与《中华读书报》合作，成立了一家爱书人俱乐部。结果不久，被一家山东的音像公司告上法庭，说他们的公司也叫爱书人，我们的命名侵犯了他们的权利。为此我们与《光明日报》联手应诉，花了十万元律师费，最终赢得了"爱书人"的使用权。从那以后，我开始极度重视商标的使用与注册问题。

二〇〇九年，我去北京中国外文局海豚出版社工作。那是一家童书出版社，在我来之前，出版社已经有了一个图标，一只高高跃起的海豚，颇具童趣。我很喜欢这个标识，为此做了两件事。一是赶紧将那只海豚形象注册商标，不久注册成功，在那只海豚的右上角，多了一个字母 R。再一是我为海豚社增加了一个人文图书的出版板块，在产品装帧设计环节，郑在勇先生提示，旧有的海豚标识过于儿童化，他希望由此衍生出一些新的形象。比如"海豚书馆"，我们陆续出版了近百种系列图书，细心的读者一定会发现，不同册的书标上，那只海豚的跳跃姿态发生了变化，那正是郑先生的创意。

二〇一六年前后，我为王强出版《书蠹牛津消夏记》。我们时常在一起聊天，王强说，他一直希望投资一个文化产业，要提出一个名目，注册一个商标。叫什么名字好呢？是用典故还是用器物？是用飞禽还是用走兽？最后决定，还是选天上飞的鸟吧。开始我们列出许多"好鸟"：五采鸟、相思鸟、琴鸟、知更鸟、凤凰、孔雀，一经查询，它们早已经被人家用滥了。那么看一看那些坏鸟、土鸟、普通的鸟：老鸹、叼鱼狼、缩脖老等、麻雀、灰鹤、鹭鸟……呵呵，有代表不祥之兆的，有不给注册的，最终还是几只普通的鸟几乎没有人用过。比如鹭鸟，"鹭"字好看，有白鹭、赤鹭，种类繁多。草鹭，我国北方及京郊很多，每当大雨过后，燕山山水涌出，草鹭会飞到浑浊的水池边，阴云下，雨丝中，它单脚站立，一动不动，全神贯注，凝视着水面，时而会有被浊水呛晕的鱼儿浮上水面呼吸，它一击衔获。

王强对草鹭赞不绝口，我请吴光前帮助构思书标的形象。他说三十年前自己从鲁迅美术学院毕业，曾经为沈阳百鸟公园设计雕塑，他的作品正是一只草鹭。草鹭的身材瘦弱修长，长颈长腿，喜欢在草地、林间与水塘边舞蹈，时而独自振翅翩翩，时而双双亲昵跳跃，在空中飞行的姿态像一只羽箭。如果以一轮巨大的红日为背景，一行草鹭，黑色的身影掠过，那景象极具远古时代的遐思。

但吴光前还是希望有一个稳定的形象，能反映出鸟的性格与体态，于是有了那只草鹭静止的形象：侧面像剪影一样，尖尖的鸟啄，头上一缕缨冠，一点镂空的侧目，一只爪单足站立，另一只爪悬起如钩。王强大赞那只钩着的爪，说它垂放自然，文雅而不失激情，充溢着绅士的风度。正是动的欲望与静的姿态相结合，显示着同人心态的平和与健康。专注的神情，深度的思考，忍者的蓄势，力量的凝聚……由静态而动态，这个形象，既给人深刻的思想记忆，又孕育着无限变化的可能性。

进一步思考，这只小鸟还要与草鹭文化的产品结合起来。究竟应该从哪方面下功夫呢？草鹭姿态的变化，体型的大小，还是站立的位置？最终，我们从一则洋酒的广告中受到启发：那种酒按照瓶子的颜色，被分成五个档次，白瓶、蓝瓶、黄瓶、红瓶，而顶级的产品为黑瓶。王强说，我们何不以颜色来区别产品的类分呢？比如普通的版本，草鹭为黑色，请看《读书毁了我》《琼瑶集》《不愧三餐》《一寸灰》《书香故人来》，在它们的普通版上，我们都可以在勒口处，见到一只黑色的小鸟，在封四上，小鸟或者站在书装的中间，或站在左上角。特装仿皮版，小鸟变成了银色，身体凸起，位居中央。特装真皮典藏版，小鸟变成了金色，凸起的小鸟与切口鎏金相呼应，颇有堂皇之感。

最后是草鹭文化的顶级产品。第一部是纯手工制作的《围城》。此书采取标准的西方经典装帧工艺，封四上的草鹭书标，使用纯金箔压制而成的"金箔草鹭"，它不但隆起，而且金光熠熠，感觉又与烫金不同。前不久在草鹭思南品鉴会上展示，行家们见到这本《围城》都赞不绝口。后续还有几种"金箔草鹭"的产品在制，会给读者和收藏者带来更多的惊喜。

标识的使用，绝非仅限于图书产品，还有一系列礼品、衍生品、创意作品、包装设计，都会有各种颜色和形式的草鹭表现出来。一本黑色的笔记本，一只麻布的提袋，一个精致的信封，一叠手工印制的笺纸……都能见到草鹭的身影与足迹。下一步还会请造纸厂参与设计，将带有草鹭水印的内页纸制造出来，它们会出现在一些草鹭精致的产品，如《傲慢与偏见》《呼啸山庄》《老实人》《安徒生童话全集》等世界名著的设计之中。

还有在网络文化的领域中，草鹭的公众号、微店、微博，都会有一只小鸟凝视着你，向你致敬！

小书虫的呢喃细语

草鹭文化与商务印书馆推出"小书虫系列",文题均由陆灏先生策划。如此名目,让我联想到二十七年前,沈昌文、吴彬、赵丽雅、陆灏策划的"书趣文丛",当时也是陆灏提议,共同起一个笔名曰"脉望",也即书虫之义。悠悠岁月,子曰"吾道一以贯之",于斯诚然。

这是一套"关于书的书",核心在"书虫"二字,亮点却在"小"字之上:开本是六十四开袖珍版,篇幅只有五六万字,译者也是年纪轻轻的一代学者。翻转过来,五位作家都是响当当的人物:《猎书人的假日》的作者罗森巴哈,有"世界上最伟大的书商"之誉;《纪德读书日记》的作者纪德，一九七四年诺贝尔文学奖获得者；《伦敦猎书客》的作者罗伯茨，《英国泰晤士报》艺术评论主笔；《书林钓客》的作者柯里，纽约哈佛俱乐部会员；《书海历险记》的作者朗，《彩色童话集》编者。他们的生活与书籍密切相关，明确身份，纪德是作家，朗是博学之士，其余三位都是颇有名气的藏书家。由此定义书虫中的人物，藏书家一定在爱书人中占有较大的比例，但不是全部。

为读书大家出小书，"小书虫系列"的定位是从他们的大部头著作中，选译出部分篇章，达到绍介与赏析的目的。如此立意，译者精心选文，使得几位作者的文章体例大体划一，叙事风格基本类同，收到了很好的阅读效果。横向比照，似乎在某一天午后时分，暖阳斜照，作者与读者共处一间咖啡厅，按照一个主题，饮茶闲聊，慢悠悠讲述着与书相关的故事，许多观点与趣闻，自然蕴含其中了。

藏书家的本质是什么？朗说："无论藏书家的品位如何不同，他们都有一个共同点，那就是对印刷纸的热爱。当然，一个人的品位愈高，识见愈深刻，他的藏书愈会呈现出不同的面貌。一夕为藏书家，终身为藏书家。"柯里说："藏书家是所有收藏家中最疯狂的人，他们却认为别人是疯子，只有自己是收藏家中的佼佼者。我们从未见过一位顶级的收藏家，会在离开这个世界之前，放下自己的爱好。'我藏故我藏。'对收藏书的热情而言，'没有原因，只有喜欢'。他们对珍本书的占有欲，是一种终极怪癖。但藏书这一爱好，通常不会延续到下一代。正如一位青年人评价他父亲藏书，是一种奇怪的错误行为。"罗伯茨说："藏书家并非愚昧无知，却只为自己而收藏。面对时光的摧残，书籍的陪伴无疑是最有功效的解药之一。"罗森巴哈说：

"据说喜欢收集东西的人，比没有这一爱好的人活得长。藏书让人保持年轻，岁月流逝，它会成为一种新型的人寿保险。藏书就好比与一位魅力四射又神秘莫测的女郎交往，他不用担心某天会感到餍足，也不可能心生厌倦；也许就在书架的一角，永远藏着全新的经历或意外的发现。"

如何认识藏书的价值？朗说："书的品相，如干净的书页与宽阔的页边距，决定着它的市场价值。"柯里说："我买了《征服者》的初版本，还为它做了一个红色摩洛哥皮装帧的盒子。《哈克贝利·费恩历险记》美国版初版本是一种绿色布面装帧，当时卖到二百美元；但我有一本蓝色布面装帧的书，可以卖到六百美元。"罗森巴哈说："不管在什么时候，最好的东西总是有人要。珍本书是没有风险的投资，资产永远不会缩水。比如，德·杜特别喜欢的书，他会收藏不止一本，他要求用最好的纸来印刷，为他独家定制。他的装帧华丽高雅，取用最高档的皮革，加以精心设计。侧面有他带金色蜜蜂的纹章印记，封底印有他姓名首字母古怪拼合的图案。"

藏书家有哪些古怪的性格呢？罗伯茨说："一位爱书成癖的神父，他为了得到一册孤本书杀了人。他的辩护律师为他开脱，证明那本书不是孤本，还有其他的版本存世。结果宣判神父绞刑时，法官问他还有什么事情需要交代，神父哭着说：我的上帝啊，那本书竟然不是独一无二的。"罗伯茨还说："真正爱书的藏书家，一旦有顾客来到他的店铺，他的心就会提起来；当顾客空手而去，他就会露出开心的微笑；当顾客在他的书架上，发现一本他不知道的珍本书时，他会大发雷霆。"罗森巴哈说："无一例外，藏书家好比预先蹲点，在空中耐心等待同事咽气的秃鹫，随后他们猛冲下来，如饿鬼一般，从敬爱的逝者的宝藏中，掠走某几样觊觎多时的珍物。"

作家如何看待藏书家呢？阿瑟顿女士对柯里说：藏书家"都是某种无痛疾病的受害者，这种疾病已经超出了药物、手术甚至玄学的范畴"。萧伯纳说："藏书家只不过是一群深陷自卑情结、没有坏心的傻瓜而已。"卢卡斯说："作家与藏书家的目标，如同殡仪从业者与产科医生，藏书家钟爱印量小的初版本，作者则希望印量能大些。"朗说："二手书商利用书摊主人的无知，将书廉价购入，高价卖出，将文学降格为生意。"宝特鲁对西班牙国王说："不妨让您的图书管理员去照看金库，因为您托付给他的东西，他从不沾一下。"《西印度人》记载，富尔默说："我在这儿当起了书商，却发现别人不再读书。如果我转行当起了屠夫，相信他们也不再吃肉了。"罗森巴哈说，布兰特《愚人船》攻击藏书家，说他们对于书本的占有欲，"不过是对学问的可怜替代"。

如何评价出版商呢？朗说："书籍装帧师是人类社会中，做事最拖延的物种。"罗森巴哈说，他的舅舅摩西号称出版家，"在我看来，他是利用文学出版业当幌子，掩饰他真正的兴趣与爱好——搜求、寻获、珍藏善本书"。摩西的好朋友爱伦·坡赌博、酗酒，但摩西预测，"爱伦·坡去世后不消五十年，他就会成为初版书最值钱的美国作家"。罗森巴哈说："印刷是唯一一门初生即绽放的艺术。"

在"小书虫系列"的五本书中，只有《纪德读书日记》不同，它的主题是读书，而不是藏书。比如，纪德说："阿里斯托芬、莎士比亚、拉伯雷……这些都是我不能不读的……余下的就不用担心，我的灵魂中自有足够的泪水灌溉这三十本书。"纪德还说："我真的不明白,叔本华为什么那么厉害地攻击康德的伦理学,他的根据是康德的循环论证,但在叔本华自己的著作中,此类错误就多得很。哪种哲学不是始终以奠定其基础的那些原则而展开论证的?"纪德还说："真理属于上帝,思想属于人。有人把真理跟思想搞混了。莱布尼茨《人类理智新论》说:真理比起它们从之诞生的思想,是要晚些的。这话有什么错吗?"

上海书展，让我迷恋的八个理由

今年（二〇一九年）六月二十八日，我在上海理工大学参加"沪江草鹭书籍装帧设计研究中心"成立活动，其间有两件事情让我至今记忆犹新：一是网上有评论说，能够聚集多位海内外书装与藏书界的大腕，如吕敬人、王强和英国书籍装帧家 Mark Cockram 等莅临上海，可见这座城市与学府的魅力。再一是上海世纪出版集团副总裁阚宁辉先生前来祝贺，他在发言中谈道，有这么好的项目落户上海，实在是上海出版界的幸事。他还说："这让我回忆起五年前，俞晓群为第十一届上海书展写的那篇文章《书展，为上海文化增添记忆》，至今使我感动。我们真心欢迎能有更多的人，带着他们的创意与激情，来上海创业、做事。"

现在，第十六届上海书展临近。当我的思绪如以往一样，再度迈入"书展模式"的时候，我发现在我的脑海中，种种往事历历如昨，新鲜生动，件件新思纷纷呈现，充实诱人。此时，我又想起许多年前，有一位朋友曾经对我说：多来上海做事吧，那里是你的福地。

确实，我是一个相信缘分的人，历史的缘分，文化的缘分，时代的缘分，情趣的缘分，血脉的缘分，师友的缘分。总之，回顾自己的出版之路，人与社会的契合，始终会在上海这座城市找到恰当的节点。好的创意，好的作者，好的书稿，好的读者，一桩桩一件件，总会在这里出现。这不是缘分，还会是什么？所以当有媒体问：您能为第十六届上海书展说点什么？我不用思考，口中自然涌出那么多迷恋这座城市、这场文化盛会的理由。

其一，我迷恋这座城市的文化与出版传统。在此前一百多年的时间里，上海城市文化的地位，始终受人瞩目。如有观点说："二十世纪二三十年代，上海是中国报业、出版业、电影业、演艺业和娱乐业的中心，只有学术中心在北京。"有这样的历史评价，首先受惠于沿海与江浙的人文地理优势，其次还有两个重要因素在起作用。一是晚清以来，海外文化的进入。如西方传教士带来的活字印刷、书刊出版与发行等崭新的城市文化元素。二是二十世纪初，一大批优秀知识分子的涌入。正如熊月之先生指出，晚清上海崛起了一个新型的文化人群体，即戊戌变法时期，约一千二百人，到一九〇三年增加到三千人，一九〇九年增加到四千人。他们在许多方面与传统士大夫不同。他们有着较新的知识结构，较好的西学素养，以及比较相近的价值观念与人生观。他们不再把读书做官，视为实现人生价值的唯一取向，而是往往凭借新的知识，服务于新式报馆、书局、学校、图书馆和博物馆等文化机构，从而实现自己的人生价值。张元济先生正是其中一员。有了这样的文化基础，上海一度成为中国最重要的文化中心，许多著名的出版机构如商务印书馆、中华书局、亚东图书馆、开明书店等，都在上海诞生。许多著名的出版家如张元济、陆费逵、王云五、汪孟邹、邹韬奋、胡愈之、巴金等，也在这里被孕育出来。二十世纪初的四十年间，上海出版业在全国处于绝对优势地位，比如抗战期间，单是一家商务印书馆的出书总量，就曾经占到全国的百分之五十以上。后来，随着时代变迁，虽然上海的文化资源有所分化，但其百余年积淀下来的文化传统还在，这些最值得我们追随与迷恋。

其二，我迷恋这座城市的影响力。尤其是百年以降，上海的文化传统并没有弱化，而是以多种形式持续发展着。从上海产生的许多优秀人物，已经把沾满海派气息的文化积存，在海内外不断发扬光大，诸如在港海派、在京海派等一些文化群体的产生，都体现着海派文化强大的生命力。多年前我曾出版一本小书《前辈——从张元济到陈原》，向百年以来十一位优秀的出版家致敬，其中绝大多数人物如张元济、王云五、胡愈之、巴金、叶圣陶、邹韬奋等，都曾经在上海从事出版工作。后来许多出版机构从上海迁至北京等地，但海派文化始终绵延不绝。像在北京，一九五八年陈翰伯先生出任商务印书馆总经理，他上任之初，还是首先回到上海，将上海商务印书馆的资料收集起来。他在一份材料中写道："一九五九年我在上海办事处查了很多材料，这些材料以后都运到北京，我想把商务的历史作为研究项目。我请胡愈之等人做了馆史的报告，后来就设立了馆史研究室，举办展览会，和六十五周年的纪念。"还有著名出版家沈昌文先生，他出身上海，进京从事出版工作近七十年。直到今天，他逢人还喜欢开玩笑说："阿拉是上海的小赤佬。"

其三，我迷恋这座城市的生命力。无论环境如何变化，上海出版始终保持着它的历史传统与风度。一旦迎来社会复兴的机会，上海人总会显示出超群的敏感与精明，迅速占领文化发展的先机。比如几年前，我曾经出版过陈昕先生的著作《出版忆往》。他是改革开放以来上海出版界的领军人物，他在书中讲述的一个观点，让我至今备感震动。他说上海出版人的追求，不是一座高峰，而是一片高原，而这一片高原，正是由一座座高峰连绵汇聚而成的。上海出版界是一个制造高峰的文化群落，一代代有理想的出版人，正是用他们亲手奉献的一本本好书，搭建起一座座文化高峰。正是有了这样的传统和承继，才有了今天上海出版群峰并立的辉煌。再者陈昕先生的观点，也从一个侧面阐释了上海出版界的理想与追求。近来我与上海人民出版社及世纪文景、上海书店出版社，还有东方出版中心、商务印书馆上海分馆等接触，经常被他们的理想与热情感动。因此，作为一个出版人，能在这样的城市里参加书展，能在这样的城市里"与书共舞"，我们得到的感受自然不同。

其四，我迷恋这座城市的商业环境。有观点说，在许多国家的城市布局中，往往会有两个重要城市为伴，一个是首都，还有一个是最重要的商业城市。比如美国的华盛顿以及纽约，意大利的罗马以及米兰，加拿大的温哥华以及多伦多等等。那么中国呢？首都北京之外，还有上海、广州、深圳等一线城市，他们都能够成为另一个伴生的重要城市，其标志不仅在商业，更在文化。我觉得，在世人的眼中，上海是有这种担当的城市之一。作为一个从事文化企业建设的人，走南闯北，几十年过去，如今回望以往，我现身最多的城市是哪里呢？在东北工作时，我经常往上海跑；在北京时，我还是经常往上海跑；如今北京草鹭文化树帜，从创意、创新、创业，更要经常往上海跑。跑着跑着，甚至连主体业务都要在上海扎根。为什么？因为相对而言，这座城市的商业氛围浓郁而健康，精细而成熟。这里有优秀的商业伙伴，他们大多有较好的职业素质与契约精神，更有服务精神。比如：文化创意，有陆灏等优秀人物；海外联络，有恺蒂等优秀人才；吸纳新人，有复旦大学等优秀院校；媒体合作，有澎湃、文汇等优秀传媒；文化活动，有思南书局等优秀机构；印刷品质，有雅昌等优秀厂家；周边文化群落，有南京、苏州、杭州……找寻超级优秀的人物加盟，这里有太多太多的可选择性。其实当代优秀的企业家，更应该是一位组合大师，而上海这座城市，恰恰会为你提供多种组合的可能。它的城市布局，更像是一个金色丝线织成的网络，让一切运行都显得那样自然而然、有条不紊，一切复杂的活动，都会在那里找到恰当的运行轨迹。

其五，我迷恋上海书展的文化定位。我从事出版工作已近四十年，参加过世界上许多书展，其中参加次数最多的有三家：一是北京国际书展，二是德国法兰克福书展，三就是上海书展了。其实在更早的时候，也就是上海书展的前身"文汇书展"举办的时候，我就是它的支持者和参与者，而且在二十多年的时间里，从未间断。为什么？我记得在某一届上海书展上，组织者提出的口号是"为价值搭台，向品质致敬！"这句话深深地打动了我。在那一年，我曾经写文章称赞道：价值与品质，这两个关键词，进一步印证了人们的感觉，一座城市崛起的霸气，就这样一点点显露出来。拆开来解释，所谓"价值"，表现在上海人对优秀图书的尊重，对精英作者的尊重，对懂书读者的尊重。他们不把书展办成政绩工程、形象工程、垃圾工程，也不搞过度商业化的大排档、大卖场、大戏台，不媚俗、不唯利是图、不见利忘义。在世风复杂的今天，上海人能够保持头脑清醒，能够有这样的坚持与定性，正是由于价值二字起着中流砥柱的作用。所以他们才会在短短十几年间，创造出当今中国最好的书展，甚至走向唯一！再说"品质"，它表现在学术机构和精英学者的到来上。你看，在令人眼花缭乱的书展主题活动背后，书展组织者邀请的不是娱乐明星，不是投机者，不是猎奇者，不是嫩模，设置的也不是作秀、卖萌、八卦爆料、杂耍等这些活动，当然上海并不缺乏这方面的商业环境与运作能力，也没有排斥它们的存在。但组织者在书展的主题设计中，绝不允许掺杂这样的内容。书展的品质，更需要一些沉稳的学术机构、资深的作家与学者，以及一些风度翩翩的海内外文化精英的支撑。有了他们的基奠，上海书展才会表现出优雅的气质、健康的格调和君子的风度。

其六，我迷恋上海书展的文化氛围，因为上海是我组稿最多的地方。回顾自己的出版经历，毫不夸张地说，我在上海组织的书稿最多，作者最多。像我曾经组织出版的《万象》杂志、"万象书坊"、"书趣文丛"、"新世纪万有文库"、"海豚书馆"等，其中许多资源都取自上海，我的许多作者和策划人，也都来自上海。及此，我还想起二〇一一年之后，我一直在组织整理二十世纪上半叶许多散失的典籍，经常会来上海向专家们请教，去上海图书馆，各大学图书馆，以及老牌出版社，找寻那些文化经典的遗迹。最后整理出"幼童文库""小朋友文库""小学生文库"等大批童书，以及《林纾译文全集》《中国近现代美术期刊精品库》等大批馆藏资料。当然，还得益于在京海派的专家如谢其章先生的帮助，还有在北京潘家园等地淘书的辅助。那样一些经历与感受，甚至让我经常想起"礼失而求诸野"那句老话。

其七，我迷恋上海书展，因为那里是发布新书最好的地方。其实从二十世纪八十年代，我就养成了在上海及书展期间发布新书的习惯。一九八七年，我在辽宁教育出版社编"当代大学书林"，我在上海开发布会，有汪道涵先生参加。二十世纪九十年代，我在上海策划出版"新世纪万有文库""万象书坊"和《万象》杂志。二〇〇〇年，我在上海书展发布《幾米绘本》，宣读反盗版宣言；与上海贝塔斯曼公司研讨，合资成立辽宁贝塔斯曼发行公司。二〇〇九年，我来到北京海豚出版社工作，开始与沈昌文、陆灏等人编辑"海豚书馆"，翌年在上海书展上发布。二〇一〇年之后，我们几乎每一年都在书展期间，与上海人民出版社、上海书店出版社一起组织"两海文库"座谈会，还邀请大批作者陆续来上海书展签售新书或参加活动，其中包括：沈昌文、陆谷孙、陈昕、葛剑雄、葛兆光、傅月庵、郑培凯、贺圣遂、周山、陈子善、韦力、张冠生、李长声、吴兴文、蔡志忠、熊召政、孙郁、止庵、戴燕、沈双、徐时霖、冷冰川、王为松、周立民、傅杰、汪涌豪、孙甘露、陆灏、毛尖、王强、小白、胡洪侠、杨小洲、梁由之、谭伯牛、祝勇、黄昱宁、江晓原、高春香、沈胜衣、徐鲁、朱煜、简平、顾犇、安建达、谭旭东、吴浩然、李闻海、姚峥华、王志毅……

其八，我迷恋上海书展，我的热情至今还在延续。单说今年草鹭文化的奉献，一是沈昌文先生已经八十八岁了，我们为他出版《八八沈公》，许多沈公的旧雨新知，如王蒙、王充闾、葛剑雄、吴彬、赵丽雅、陆灏、郑勇等欣然命笔，留下真情文章、时代印记。沈公年事已高，这些年不再轻易出京，若外出只去两地：一是去美国看女儿，再一是去上海看书展。今年书展他还会来，参加《八八沈公》新书发布会。二是韦力先生《书楼探踪》（东方出版中心），韦先生有签售，他还会与毛尖进行一场对谈。三是江晓原先生《性学五章》增订本，也将在上海人民出版社发布。四是陈子善《说徐志摩》（上海书店出版社）也会发布。还有冷冰川、凌子《凌听》，也在全力制作之中。

那一块文化拼图

　　一个国家，一座现代化的大都市，就像一幅五光十色的拼图，除了种种个性的特征之外，还有一些共性的拼图必须存在，否则文明建设的标准就还无法达到。比如上海，一个举世公认的东方文化地标，每一年的文化活动都很丰富多彩。像书展，已经有了亚洲最大规模的上海书展，还有上海国际童书展，那么，还缺少什么呢？

　　近日朵云轩集团与草鹭文化合作，计划明年（二〇二一）在上海举办首届上海国际古书博览会。目前他们已经在网上开始了这项活动的预展，有十个国家、十七家书店参加，展示出八十余件珍稀藏品。与此同时，组办方还在线下，以"淡妆浓抹总相宜"为题，请来中西方藏书大家韦力先生与王强先生，请他们对谈藏书文化。这一系列活动，充分展现了上海大都市的魅力，有了这一块文化拼图的到来，上海的城市底蕴会更加坚实，文化生活会更加丰富。

此时我的思绪又回到十年前。当时受种种因素的影响，我开始关注书籍装帧的源流。为此几次派人去欧洲，学习西方的书籍装帧艺术，并结识了一位英国装帧艺术家谢泼德先生。我组织翻译出版他的两部著作《随泰坦尼克号沉没的书之瑰宝》《艺术中的灰姑娘》，他也曾两次来上海书展开展讲座。在谢泼德先生那里，我开始对特装书与珍本书有了新的认识，同时得到两个观念：一是书不但要追求做多，有时也要追求做少。诸如毛边本、签名本、定制本、珍藏本等，它们最终的价值，会在收藏与古书市场中得到展现。二是卖书不但要追求新，许多时候也要追求旧，谢泼德列举了当时世界上一些有名的古书博览会，诸如纽约、伦敦、香港等。当时我还专门安排人去伦敦，参加伦敦古书博览会，那热闹的场面，丝毫不逊色于我们熟知的伦敦书展。谢泼德还说："西方的古书收藏组织是会员制的，其中没有中国人，我可以介绍你们参加。"

说到古书博览会，离我们最近的是香港古书博览会。前些年每年举办一次，我经常见到许多内地收藏家或赶去参加，或托人买书。比如两年前，香港牛津大学出版社林道群先生就曾发来消息，称在香港古书博览会上，某种书出现了，他让我问一下王强，是否会感兴趣。王强闻言淡然一笑说："我已经收藏了此书更好的版本。"谢泼德先生还问过我："这样的博览会，是否能在中国落地？北京、上海、深圳，哪里更合适呢？"

二〇一八年末，草鹭文化公司启动，在上海陆续安排了一些活动，有英国装帧师马克先生来到上海理工大学，为学生讲授西方书装课；有许忠如先生来到上海思南书局，讲述奎文斋百年收藏；有王强先生来到上海图书馆，讲述自己以乔伊斯为主题的收藏。王强的这些珍本收藏价值极高，他一本本从美国背到北京，我们从北京开车，直接送到上海，活动结束后，再运回北京。

草鹭文化启动一年后，赶上新冠疫情肆虐，许多文化活动只能转到网上进行。我们能做点什么呢？通过网上讨论，项目列了一大串，最终确定三项，都是与人在英国的恺蒂女士连线：第一项是举办英国手工书籍装帧联展，我们签到十一位设计师，在网上展示他们的作品与理念；第二项是古书收藏；第三项尚在运行之中。这里单说第二项，这一次我们采取国内外合作的方式，内地请来上海朵云轩集团，它在国内堪称翘楚；海外请出英国百年老店奎文斋，它是国际收藏界的大佬。奎文斋太有号召力了，许多著名的博览会，比如香港古书博览会，都是由它组织操办的。这一次网上博览会落户上海，除了文化传播、公益宣传之外，我们还应该如何深化呢？

由此想到香港古书博览会，受疫情等原因的影响，已经停办两年，所以我们动了将这项活动引入上海的念头。应该说，对于国际商家而言，上海是有号召力的，它的商业优势明显，文化实力雄厚，人文环境相对宽松、规范。重要的是，作为一座现代化的大都市，上海正好需要这样一块文化拼图。再加上由朵云轩集团主导，以它的地位、实力、信誉、能力等等，能确保一切计划中的活动，都可以顺利进行。就这样一拍即合，就这样水到渠成。

上海古书博览会，此时网上预展备受关注，中外珍本书招商工作也在进行之中。期待明年，新冠疫情散去，国内外古书商与爱好者，能在上海欢聚一堂。

好好读书

——答《藏书报》采访

二〇二〇年元旦前两天,《藏书报》主编王雪霞女史打来电话,希望能做一个采访。此时我正在写一篇长文《正史中的鬼》,此文整整折磨了我一个多月。其间还要处理草鹭公司的一些事情,比如去上海操办"王强藏书品鉴会",在北京研究"草鹭微店"的岁末活动,落实明年草鹭特装书的重点项目等,还要应付每周每月的专栏文章,确实有些吃不消。所以无论是谁约我相会,无论是谁让我去做什么光彩的事情,我都没有心思,尽力推脱;接电话时,时常也会有些心不在焉。在此一并致歉。

我已经退休两年多了,业内"你方唱罢我

登场"的热闹场面，已经离我渐行渐远。况且离职时，我曾经与自己约法三章：绝不去做顾问、讲座、发挥余热一类事情；绝不主动打扰过去职场的朋友；绝不为离职而带来的人际关系的冷落，表现出半点抱怨的情绪。其实我的天性中就有"被冷落"的癖好，生活环境越是冷清、孤独，我的内心越会产生某种莫名的快慰。这让我想起十几年前做集团老总时，周末我也会来到办公室，反锁上门，一闷就是两天。我在那里读书写作，没有必要接触人，因为寻找解决问题的路径可通过网络，寻找阅读资料可通过满架的图书，寻找缺失的书可以在网上下单，饿了还可以叫外卖。还缺什么？缺的就是安心读书写作了。但那时我的心不静，读书不足，写作功夫不到位，经常会憋在那里，一天也写不出几个字。晚上司机送我回家，他看我闷闷不乐，感到好奇，就趴在我的电脑上看，回头跟我开玩笑说:"俞总啊,憋了一天,就写这么两行字啊?"呵呵,惭愧。现在好些了,退休了,心静了,有了那些年的读书积累,还有了长时间的练笔经历,码字的功夫也顺畅了很多。在这一层意义上,我时常惋惜,为什么不早一点就像现在这样生活呢?难道这才是我人生的舒适区?

回到开篇的问题。《藏书报》采访,问我几个问题,诸如:您退休两年了,主要在做什么?我说主要有三件事:一是调养身体,调节生活规律;二是与朋友一起,培育一个新品牌"草鹭文化";三是继续努力写作,丰富自己的知识结构。记者追问:能总结出一个退休生活的主题词么?我想了一下说道:好好读书。好到什么程度?有两个数据:读书与买书的数量,一年胜过在职时的十年!常言道"听君一席话,胜读十年书",我这里也是十年之喻,此言不虚。记者再问：为什么年逾花甲，还这样刻苦读书呢？如果我说"读书是我生命的依托"，您一定会觉得我装大尾巴狼；如果我说"读书是我生存的依托"，那就再现实不过了。老年生活有两大主题，一是延续生命的时间，再一是提高生存的质量。前者是物质的，尽人事而听天命；后者是精神的，听天命而尽人事。人事是什么？言人人殊。我目前的"人事"，重点在一个品牌，几篇文章。塑造品牌是读书的依据，撰写文章是读书的动力。此两点，容我分别道来。

先说塑造品牌。我退休后不安分，致力于草鹭文化的企业构建。我为什么要这样做？

首先是为了保持自己出版人的身份与感觉。这也是向沈昌文先生学习，他老人家六十五岁退休，离开三联书店，离开《读书》杂志，之后接手的有"书趣文丛"，有"新世纪万有文库"，有"海豚书馆"，有《万象》杂志云云。他的出版生涯，并没有因为退休而间断，所以在他八十岁的时候，人们为他祝寿，才会有"出版六十年"的赞词。了解一个人一生的资历，职业完整连续的人，可能成为专家；职业五花八门的人，可能成为杂家。我等平庸之辈，不想成名成家，能做一个"专人"就已经很好了，即专业的、职业的或曰资深的出版人士，不是抛砖的人。

其次是对多元体制的尝试，对文化资源的珍爱，对资本价值的尊重。这三点都有很多话要说，比如关于体制，出版改革四十年，我一直在体制内工作，对于那样的生活环境，我始终充满了热爱与感念，何况那里有我的师长与朋友，有我近乎半生的生命积淀。但是，对体制外的观望、研究与合作，多年下来，我的心中充满了敬佩与渴望，渴望什么？那就是更为自由的思考空间，更为人性化的商业行为。所以我很久之前就有了步入其中的欲望，只是为现实所累，直到退休时节，恰逢草鹭于飞，我又怎能不尝试一下，以慰平生呢？再如文化资源，以往的积累斑斑点点，即使有过辉煌时刻，也未必都是经典时刻，许多东西经不起时间的考验。说是未来可期，期待什么？仅仅忆旧是不够的，吃老本也是不够的，"人生如逆水行舟，不进则退。"那么，如何跟进与应变呢？只有好好读书。何况此时，我的工作性质已经变得十分单纯，最好的书与最好的商品，宛如两条平行线，此时它们之间的距离无限趋近。没有了以往的额外条件，只能靠自己的判断力，在芸芸众生中找到最优秀的作者，在茫茫书海中找到最好的作品。在街市与乡野，贤者为伍，智者为朋，雅舍为聚，当我走进他们的书房：来燕榭、芷兰斋、奎文斋、梅川书舍、二化斋、二房、老虎尾巴、楷柿楼……走进去轻轻松松，但如果不好好读书，又怎能走得出来呢？

再者我做了几十年出版，悟出一些与书相关的道理，比如一本书的好坏，它与新旧没有必然的关系。沈昌文先生说，做出版要向后看；王强先生说，他一般不会追新书，即使它畅销也不会，书是否经典，还需要经过时间的检验。陆灏先生、恺蒂女史选书，遴选经典的标准，从内容到形式，从理念到商业，更是丰富得多，高超得多。不到两年的时间里，特装书如《围城》《傲慢与偏见》《呼啸山庄》《伊索寓言》《大英博物馆史话》一一做出，后面还有很多很多。选哪个作者，选哪个本子，选哪种装帧，选哪幅插图，选哪位译者，选哪个译本，选哪种封面与纸张材料，选哪家工厂……"细节决定成败"，一丝一毫都马虎不得。说是工匠精神，我们一直在努力。我一直梦想着能有一个作坊，它是以书为主题的作坊，它堂皇，有点二十世纪初英国桑格斯基小屋的格调；它晦暗，有点爱丁堡夜晚街灯下的氛围；它神秘，有点格格巫实验室的调性。合作中，你看着那些真正懂书的人，说起版本张嘴就来，他们哪来的功力呢？没有捷径，没有绝对的天赋，只有好好读书。我们如果不好好读书，又怎能与他们对话呢？

说完草鹭的故事，再说一说我为什么迷恋写作。思考一下，原因很多，许多时候还会发生变化。这里只谈一点：先天不足的问题。为什么不足？一是我是大学数学系出身，这当然是托词，数学惹到我什么了？还是原本基础就不好。再一是时代使然，这也不要说了。像赵本山调侃："总说大环境不好，怎么不好？你给整坏的呀？"总之我们这一代人的缺项太多，缺外文，缺古文，缺白话文；缺词汇，缺笔力，缺独立思考。说到文字好，我敬佩的前辈如吕叔湘、叶圣陶、鲁迅、周作人、张中行等，那一代人真的很厉害，文章有条理，有洁癖，有韵律感。归结起来，还是他们的古文功底好，西学功底好。说到外文，对我辈而言也就算了，达不到值得提及的水准，可以浏览文字，可以收收发发，旅游够用就可以了。说到古文，如今倒还有可以努力的余地。其实早年，我的古文基础还算过得去，参加一九七七年高考，古文题还是获得高分的。试卷上两段古文，至今记得。一段是北宋王安石《游褒禅山记》："夫夷以近，则游者众……"另一段是《史记·高祖本纪》中刘邦临终时与吕后的对话。后来某日，我立志研读二十四史《五行志》，捧起书来才发现，我的那点古文底子实在是皮毛。十多年走下来，越研读越胆怯，越研读越自卑。一次在上海吃饭，贺圣遂老师对我说："很多人见到你在《澎湃新闻》上写《五行占》，据传你通读二十四史，我不信。我知道读《五行志》很难，但像前辈那样，通读二十四史的人，如今几乎难以见到了。"这话挺刺激我的，我读《五行志》，确实反复研读，不下数十遍；其他纪传表，就阅读得远远不够了。退休后在两年多的时间里，我更多的时间是在读纪传上。古文基础的薄弱，让我不断崩溃，不断奋起；阅读中遇到新知，又让我时而拍案叫绝，时而欣喜若狂。大师们别嘲笑我无知、少见多怪，"知之为知之，不知为不知"，能真正读懂那些古老的文字，我已经觉得不虚此生了。由此想到，为什么前辈们文章写得那么好，为什么我们这几代人好文章鲜见，原因正是：文言与白话，古文与今文，前者是根，后者是叶；前者是里，后者是表；前者是魂魄，后者是肉体；前者是韵律，后者是音符；前者是规矩，后者是方圆。

我等在语言上，甚至没有雅俗的判断能力，就想一步迈入大雅大俗的境界，所以才会说出之话淡如水，词不达意，笑话而不可笑，粗糙而不自觉，名言而不名一文。

好了，"树老根多，人老话多"，就此打住。好在这两年上天惠顾，让我的视力恢复许多，不再昏花如盲。那一定是在启示我：如此时代，如此天资，只能好好读书了。

我的书房

我曾笑言，当代书房可以有四类之分，有文人书房，存为所读；有学者书房，存为所用；有藏家书房，存为所爱；有出版人书房，存为无奈。这最后一项是我的调侃。

我是出版人，从业三十六年，在辽宁教育出版社工作二十多年，编书很多，可留存书目有千册之数；在海豚出版社工作八年，编书四千余种，可留存书目也不少。加上业内交流、作者赠与、个人购买，想不建书房都不行。如果再兼有学者、作家或藏家的身份，那就更不得了了。

我的存书可分为三类：一是珍藏的书，极

少；二是使用的书，多为自己购买；三是堆放的书，各类样书、杂书汇聚。十年前，我从沈阳到北京工作，临行前丢下大量工作样本，最终还是拉来两大车书刊。将书开包上架时，把搬家公司的几位师傅累得死去活来。我看着心疼，事后请他们喝啤酒。一个高高壮壮的小伙子对我说："能送给我一本书留作纪念么？"我见年轻人爱书，很是高兴，问道："好啊，你喜欢哪本呢？"他说："我想要那套装在蓝布盒子中的书，应该很值钱。"我问："什么蓝布盒子？"他说："就是侧面别着两个大牙签的。"那是一套线装书，他称"骨签"为大牙签，一时弄得我哭笑不得，事后心中还有些隐隐的痛。

我想到，早年父亲曾对我说，我们老家在江都，回想那时的风尚，村里略微体面一点的农家，厅堂中总会摆上几套线装书。我还想到，一个文化群落的怀旧情绪，常常是非理性的，甚至带有某些遗传的因素，而一种文化传统的消逝，有时会带来一个族群的毁灭。

文归正传。说到书房，我觉得要有三个要素。

一是要有一个好名字，说来惭愧，我的书房一直没有。原因是几十年来，我上班翻书、查书、编书，下班读书、找书、写书，几乎没有分界。所分者，一是为作者，一是为自己；所不分者，为作者也是为自己长知识，为自己也是为更好地识才编书。因此几十年来，我的书放在两处，一半在家中，一半在办公室，因阅读之需，还要搬来搬去，所以戏称我的书房为"两半斋"。这几年退休，我的书可以会师了，家中却放不下，一直希望能有一个完整的空间、完整的名字。研究了几次，最后确定为"深阅浅览斋"，语出唐振常先生的一句话："阅读有深阅浅览之别。"我还曾想将自己的下一本集子命名为《深阅浅览斋随笔》，但总觉得这个名字有些拗口，不像周作人苦雨斋、钟叔河念楼、陆灏听水书屋简单明了。那就继续起名吧，说来每一次"起名"都要读书十数本，读网数十页，思考大半日，这也是一种阅读方式。

二是要有镇宅之宝。首先是珍贵的版本、字画。几年前为陆灏出版《听水读抄》，见到他展示那么多前辈题字，可见他一生做事，多么用心。说到这里，我确实有些沮丧，感叹自己的读书生活凌乱不堪。如上面说到我的书房是"两半斋"，东一半西一半，里一半外一半，有了好东西，经常弄丢或被书堆隐藏起来。

其次是签字本，我就太多了。名人前辈如张岱年、金克木、季羡林、施蛰存、黄裳、陆谷孙、启功、欧阳山、王蒙、陈景润、孙机……他们的签字本被杂放在书架上，时常会找不到或不慎丢掉。切记，名人或朋友署上款的签字本，千万不能送掉，更不能卖掉。如果出手，最好将那一页撕下。前几年我去台湾，拜见一位出版前辈，他拉着一箱自己收藏的书送给我，翻检时见到有签名的书页，就会将那页撕掉。他说曾将一些书捐赠给某大学图书馆，其中有签名本，他没有发现。后来有作家打来电话，怒称见到签赠给他的书，被堆放在大学图书馆的过道处，被学生们踩来踩去，那位作家大为不悦，几乎与他绝交。

三是要提升自我修养，才好意思谈自己的书房。陆灏最赞赏当代两家书房，一为黄裳之来燕榭，二为韦力之芷兰斋，还赞扬谢其章之期刊收藏与研究。他们都是学问家，能收，能写，能研究问题，将来必成一代佳话。韦力《上书房行走》已见端倪，我为他出版，做得太急，文字留下瘢痕，至今我还有愧对作者、读者之余念。

话说回来，这些年我钻进自己的书堆里，拼命读书写书，几年来书话、随笔也有十余部面世，想的都是效仿古人，追随时贤。自觉那时才有脸说：我有一个书房，时常在那里沐浴阳光与灯光，休养生息，安度人生。

困中读闲书

　　疫情肆虐，众所周知。这三个月，我一直盘踞家中，无法外出，只好在网上办公交流，再把其他的时间，用来完成多年积下的种种笔债。为了写作，此时所读如《十三经注疏》《廿五史》《太平御览》《册府元龟》《太平广记》《五杂组》《四库总目提要》之类，电子版与纸质版都看，有时一天读书六个小时以上。说实话，如果不是为了研究，我也不会像鸵鸟一样，终日窝在那里翻阅它们。有言道读书是一件苦差事，其实也够得上天下第一苦差了。

　　感到烦倦的时候，我也会放下手中的工作，半躺在沙发上，沏上一杯铁观音，或啜饮，或一仰而尽，收放由之。此时再读书，半为休息，半为赏玩，也叫作换换脑筋。

我日常落座的沙发，正面对着电脑，三个侧面堆满各种闲书，有新购的，有赠阅的，有自编的，杂七杂八，不下百八十本。再后面是一排倚墙顶棚的书架，正经读书时，我时常会架上梯子，爬上爬下。此时躺在沙发上，尽可以不动身子，将沙发周围的书，顺手抓起一本来读，无目的，无压力，无指向。这样读书，似乎有些不正经，但读闲书，讲的就是闲情逸致。

说是闲读，其实也有限定。大部头的书拈不得，当心闪了腰肩；面目可憎的书拈不得，当心坏了心情；说假话的书拈不得，当心弄得心绪烦乱，倦意全无。此中"大部头"者，嫌其重，易伤人，是卧读中的大忌。"面目可憎"者，并非言其旧，实则言其恶俗，比如一本回忆录，封面上写着传主是某某某的孙女，我赶紧买来，翻来翻去，却没见到几处"爷爷"的痕迹。至于"说假话"或曰骗人的书，睁着眼睛说瞎话，凡此种种，都是常理，我也懒得解释了。

旧书是我的至爱，鲁迅《古小说钩沈》，人民文学出版社一九五一年版，上下两册，拿在手上，时而会掉下纸屑。但还是喜欢，小心翼翼地翻看，是学习，也是欣赏。读新书就要当心了，十几年过去，我依然喜欢香港牛津大学出版社的书，美观、精致、轻巧。王强《读书毁了我》，还有董公《我的笔记》，捧在手中，最可清心。每一次阅读，目的也会不同。这一次是读优美的文字，下一次是赏玩小书的整体设计与版式，封面、环衬与材料。尤其是那小小的版心，字数大约只有普通书的一半或三分之一，看上去不但美观，也让对读完一页书有了信心与快感，这么快就可以翻页了。常言"物以类聚，人以群分"，类同的小书有刘波《门外说书》、潘敦《后来》，气质的趋同，说是相类，不如说是追随。华语世界有这样一缕书香飘溢，让闲读有了绅士的格调。

旧书新印，钟叔河《念楼学短》，初版时开本很小，是我的枕边书，我还不断向编辑推荐。前不久钟先生寄来新版，已经变成精装的厚厚两大册。后浪公司厉害，按畅销书操作，有名家推荐，还有书票、闲章一类配件，印数达到十万册，但我还是把它归于闲书一类，卧中捧读，隔空与前辈对话，感受自然不同。才子书，有汪涌豪《云谁之思》、周立民《闲话巴金》、眉睫《文人感旧录》、朱万章《画前月下》、薛原《画家物语》、李礼《求变者》、冯传友《暖石斋读书记》等，个性、情调与新知都在书中了。还有芳菲《沿着无愁河到凤凰》，勾起我绵绵的思念，不禁想到白居易诗云："人间四月芳菲尽，山寺桃花始盛开。长恨春归无觅处，不知转入此中来。"

困中杂记

　　二〇二〇年一月，开年伊始，时间真的很紧张：二十四日除夕，掐头去尾，一月份可用的时间不到二十天。想一想工作计划呢？今年上半年有两件大事要完成：一是初创的草鹭文化公司建设，要上一个新台阶，需要操心的事情自然不少；再一是我的《五行志丛考》，今年上半年必须完稿，它几乎成为我心中的一座高峰，必须攀登上去，才能为自己的心灵迎来新的曙光。怎么办？先做减法吧："澎湃"每周一篇的专栏《五行占》不写了；北京图书订货会的活动不参加了；抓紧搞完去年的工作总结，落实近期的工作计划……

看一看我的日记：元月一日，为《藏书报》写《好好读书》三千字；四至七日，《五行志丛考》史家、占家、经籍、占书；八日，见北京图书订货会的朋友；九日，读钱穆《刘向歆父子年谱》《汉书·楚元王传》；十一日，读《刘向校书考论》《刘向刘歆》，见作者朋友；十三日，为《辽宁日报》写好《大刘与小刘》三千字；十五至十八日，去上海草鹭开会；二十日，开北京草鹭董事会，见作者朋友；二十一日，读《吕叔湘书信集》，重点读他写给沈昌文的信，读张中行《负暄琐话》及二话、三话，为《编辑学刊》写文章《谁能写得好》两千字；二十二日中午，见作者朋友。翌日凌晨两点，武汉封城，疫情暴发。从此时起，我再也没有走出小区，整整五十多天，直至现在。

最初，我的思绪立即来到二〇〇三年"非典"时期，那时我还在辽宁出版集团工作。因为疫情期间去北京办事，回来后集团董事长通知我，不要来上班了，在家隔离十天吧！邻居听说我从北京回来，夜半三更，悄悄往我家的门上喷消毒水。还有，一位北京朋友来沈阳办事，我为他安排酒店，前台小姐说不接受北京人入住，我跟她大发脾气，还拿出我的身份证说："我是沈阳人，先给我开个房吧。"结果惊动了酒店经理，北京朋友算是勉强住下来了。可是三天之后，酒店通知停业装修，北京朋友只好退房。此时街市上冷冷清清，别的酒店也都陆续关门了，朋友眼圈微红，还甩着京腔说："我这个北京人啊，第一次感到抬不起头来，不办事了，回京去。"

记得二〇一〇年前后，我来北京工作。一次去小汤山医院体检，随行的朋友好奇，还去了"非典"时的小汤山医院旧址，扒着栅栏张望。骄阳下，陈迹依旧，杂草丛生，蜂飞蝶舞。

时光荏苒，十七年后天不遂人愿，新冠病毒袭来，来势更凶猛，表现更狡猾、更隐秘。我时常默想，那不可目见的微观世界，是否街市纵横，微生物兴旺？那里的社会环境，是否繁荣昌盛，欣欣向荣？病毒们的智商到底有多高呢？它们会像我们一样思考吗？它们有节日吗？它们是否会为某一件事情而策划于密室，或为它们的成功而欢呼雀跃？它们看到界外的宿主们，在它们的加害之下，如此恐慌与崩溃，是否浑然不觉，或在那里吃吃窃笑？

　　此时，我感到哀伤。为那些生命的消逝，为社会自身的缺憾，为那些蒙难与救难的同胞们；尤其是那位年轻人的逝去，让我顿失矜持的仪态。那些八〇后、九〇后的孩子们啊，我太了解他们的生存环境了，太了解他们被时代扭曲的个性表现：诗一样的年华，现实世界的承担者与践行者，虚拟空间的创世者与先行者，他们线上线下的表达是那样的不同。我的内心中，久已对他们充满期盼、心疼与热爱。此时，我自然诵读起那首诗歌："昔人已乘黄鹤去，此地空余黄鹤楼。黄鹤一去不复返，白云千载空悠悠。晴川历历汉阳树，芳草萋萋鹦鹉洲。日暮乡关何处是？烟波江上使人愁。"还有："亲戚或余悲，他人亦已歌。死去何所道，托体同山阿。"还有鲁迅先生的话："长歌当哭，是必须在痛定之后的。"

此时，医护们吹响了集结号，他们的行动，让我几番热泪盈眶。几万人的队伍，没有豪言壮语，没有露出面目，没有露出名字。他们迅速集结，默默列队，星夜号角，向死而生。伴随着电视画面中飞往疫区专机的轰鸣声，我的热泪滚滚而下。我老了，无法再身披征衣，昼夜兼程，只能在口中吟咏出那首悲壮的诗："僵卧孤村不自哀，尚思为国戍轮台。夜阑卧听风吹雨，铁马冰河入梦来。"感谢人类启蒙精神的孕育，感谢我们的族群千百年积淀的优秀品质。

此时，破天荒，我们的国民集体休眠了。恐惧与寂寞的情绪，在空气中弥漫着，但网上智慧与乐观的声音，还是为我们带来生的希望与片刻的安慰。我最喜欢那幅漫画：所有的人都躺在那里睡觉，一位企业家蓦然惊醒，坐起来操着口音唱道："我睡不着，我胸口闷，脑壳有点昏。"结果哐的一声，挨了一锅底，只好又躺下来睡去。

此时，面对对未来生命与生活的恐惧，我又想起韬奋先生临终前的那句话："不要怕！"毕竟我们还有网络。我一直坚信，网络是万能的，网络是不可战胜的，网络是世上一切恶势力的天敌。当我们都像一棵棵大树小树那样，站在那里寸步难行的时候，怎么办？眼下，许多传统的办法已经失灵了，我们只能求助于天赐的网络：交流，办公，会议，创意，设计，评估，询价，比照，修正，招聘，批示，资金，税收，开店，上架，营销，销售，收款，付款，退款，合同，组稿，改稿，填表，传递……此时，我的心中始终默念着：求生，创意与探索。就这样，我们初创的草鹭文化，在苍茫的暮色之中，依然展翅低飞。静默，为我们无限的好奇心带来无限的可能，为我们活跃的大脑带来更大的思考空间。它会使一切哀伤，得到有效的化解与释放；它会使思想的火焰，得到充分的激活与绽放。此时，我又想起美国国家地理《百年摄影经典》中，那幅有名的摄影作品《越南战争》：黑云低沉，旷野寂寥，山河破碎，民不聊生，一位越南老人说，"无论如何，生活还要继续"。

现在，看一看这五十多天，我日常生活的时间表。每天一个半小时，戴口罩，在小区中迅走，大汗淋漓。向《五行志丛考》发起总攻，已经有二十章、几百个题目、几十万字落地，不再增添内容。开始核对原著，大量的引文，这项工作不能完全相信电子书，一定要逐一核对纸书，最好是影印版，或专业出版社的版本。为此，我将堆放已久的旧书翻来翻去，弄得"满面尘灰烟火色，两鬓苍苍十指黑"。缺失的书目很多，有找不到的，比如二十五史中，《三国志》第三卷，说什么都找不到了。爬到书架顶端去找，梯子差一点倒下来，最终也没找到。没办法，我只好在孔网（孔夫子旧书网）上买一本二手的，仅几元钱，品相不好，用完再说吧。还有许多我未存的书目，好在疫情防控期间，网络依然通畅，好在有孔网、京东、当当，五十多天中我不断下单，收获颇丰，小区的保安时常提醒我去取快递，拿到后还要消毒一番。

从严冬一直到春暖花开，此时北京街市上

的桃树、杏树的枝头，都已经泛出淡淡的红艳。我依然默默地忙碌着，一刻也不敢放松，只为这一只"草鹭"，一本五行，还有那《正史中的鬼》《正史中的疫情记录》《胡老板登台记》《献书王》……生活，肆虐得我们身心俱疲、遍体鳞伤；热爱，却使我们的情绪得以平复，使我们的生活熙熙而乐。我想，普罗大众的生存意义，大概就在这里吧。

此时，我又想到自己的性格构成。总结起来，大约有三个要素在起作用，它们可能是他人的学理预设，也可能是自己的心理暗示。前两个属于所谓伪科学，后一个来源于现实社会的塑造，它们的结论，都让我苦笑、尴尬和无奈，却在无聊时聊以自慰。

首先是血型，东北有俗言称："A 型奸，B型滑，O 型大傻瓜。"据说日本族群中 A 型血居多，善于策划，不事张扬，不肯轻易暴露自己的心扉。朝鲜族群中 B 型血居多，性格开朗，做事坚韧，天生具有艺术气质。中国族群中 O 型血居多，吃苦耐劳，天下为家，与生俱来的自信满满。AB 型血的人比较少，特立独行，最为难得。以上只是通论，言人人殊。我是 A 型血，性格内向，情趣恬淡，做事不大喜欢挑头，荣辱均不在我。小时候同学就说："你是属黄花鱼的，遇事总喜欢溜边儿走。"

其次是星座，我是处女座，这下麻烦了，A 型血加处女座，没有一点正能量可言。据言 A 型血的人，每策划一件事情，都想要全面；处女座的人，每接手一件事情，都要达到完美。这样一来，事事都要搞得一环扣一环，层层递进，最终精疲力竭，无疾而终。比如策划五行志研究，我每天苦思冥想，陆续拿出几个写作方案，每一个方案都要拿处女座的思维构建一番，几千年的历史典籍与演变，不整死我才怪呢！这是大的方面，小的方面也不得了。比如一个字，我是用"及"还是用"以及"呢？我是用"和"还是用"与"呢？这一个月看这个字顺眼，下一个月又看那个字顺眼，就这样改来改去，不达到一致就睡不着觉，一改就是几天。有时我恨自己有文字洁癖、病态思维，朋友说那是处女座性格在作祟，弄得我真想抽几下处女座的我。

最后是文理之分，我是理工男。你知道我最厌倦理工男什么吗？那就是已经融入骨髓的逻辑思维。其实逻辑学的内容非常丰富，有原始逻辑，有形式逻辑，还有数理逻辑云云。我们学习最多的是形式逻辑，日常生活最习惯于所谓因果律。其实我很喜欢原始思维中的互渗律，还有中国思维版图中的五行世界。当然数理逻辑就更有价值了，许多诺贝尔经济学奖的获得者都是这方面的数学家。许多时候，因果律加上处女座，会害死人的。比如因为我今天七点醒来，所以我明天也会七点醒来；因为我今天工作八小时，所以我明天也要工作八小时。如果工作九小时就是进步，就快乐；所以如果身体不适或与其他事情冲突，只工作了六小时，我的内心就会自责，就会产生抑郁的情绪。当这样的观念化成一种模式、一种习惯、一种规律，甚至异化成一种类本能时，它就会操纵你的日常行为。此时你一定会哀叹：哎呀妈呀，这可让人怎么活啊！理工男，很多时候，很骄傲于自己做事有规律，有条理，却被人批评循规蹈矩，言行乏味，原因就在这里。

当然，有趣的事情也是有的。比如我发现，电脑上的书写系统，也具有学习与记忆的本领。以往我经常使用的一个黑马输入法，它已经熟悉了我的语言风格和文字领域，我敲入一串拼音，它就会比较准确地将我想要的字句显示出来。尤其是人的名字、文言文等，用起来都很顺畅。去年我的电脑受到病毒攻击，一个程序员帮我重装程序，他说换一个升级版的黑马吧，它的速度更快，功能更丰富。我很高兴，就同意了。没想到这个新的黑马软件，就像低年级的小学生一样，精力旺盛，奔跑速度很快，却没有一点古代汉语或现代汉语的底子，更谈不上对我的知识结构和语言风格有所了解。我输入一段拼音，它便胡思乱想起来，经常气得我哭笑不得，时常骂道："朽木不可雕也！"甚至想到小学时的课文："用手不用脑，工作做不好。用脑不用手，空想一大套。"但新输入法优点也是有的，比如有些生字，多年来字库中都没有，我就想办法，通过手写录入。这个新的输入法真的很厉害，没过多久，那个生字就有了。比如"睿"字，它是《五行志》中的一个关键字，经常要用，但一直都打不出来。有了苹果手机，我在手机屏幕上，把这个字手写下来。得到识别后，再粘贴到邮件中，发到电脑上。再从邮件中复制下来，粘贴到文章之中。某一天我突然发现，在字库中，这个字竟然可以打出来了。我想，这一定与我经常试着检索、输入这个字有关。所以高兴之余，不禁叹道："嗯，果然是孺子可教！"唉！这也是理工男的呆萌之处吧！

附：困中读史

疫时被困家中，书店去不成，只好网购图书。三个月下来，花钱不少，都买了哪些书呢？单说史学，略记如下。

1.《历代史料笔记丛刊》中的《归潜志》《苏氏演义（外三种）》《明皇杂录　东观奏记》等，中华书局。

按：中华书局这套书编得真好，一是选目好，二是版式好，三是数量多。唐宋、元明系列，我买得最多，其实应该全套收，慢慢读。

2.《历代笔记小说大观》中的《西京杂记（外五种）》《博物志（外七种）》《拾遗记（外三种）》《子不语》等，上海古籍出版社。

按：与中华书局比较，不能说更好，但在各方面毫不逊色。我也买了不少，可用之书与可以赏玩之书都有。早年读书不多，拿起笔来，总觉得腹内空空。多读一读此类小丛书，起码在精神上能有个安慰。

3.《中国史学基本典籍丛刊》中的《越绝书（校释）》《东观汉记校注》《国语集解》《洛阳伽蓝记（校笺）》《唐六典》等，中华书局。

按：这套书不但原文好，校释也是一流或超一流的。

4.《中国思想史资料丛刊》《古体小说丛刊》

《新编诸子集成》中的《七纬》《夷坚志》《风俗通义校注》等，中华书局。

按：好书处处可见，编者认真，印制道地，只是我目力不济，但还要一直读下去。

慢慢读书
——2022年初《藏书报》采访

二〇二〇年一月初，《藏书报》曾对我有过一个岁末采访，我写出的题目是《好好读书》。此后两年中，人世间发生了许多大事情，常言"百年未有之大变局"，且不论种种烦事，单是迟迟不肯消去的新冠病毒，就足以让这个时代"青史垂名"了。其实就中国而言，正史中关于"疫"的记载，"二十五史"有专门的立项，它们大体被分为三类情况。一是自然灾害，它的疫情背景复杂，史中记录极多，但每次疫情文字极简，往往仅一句而已。如《后汉书·五行志》写道："安帝元初六年夏四月，会稽大疫。"二是天灾人祸，如《宋书·五行志》写道："吴孙亮建兴二年四月，诸葛恪围新城。大疫，死者太半。"三是深入思考，试图找出疫情暴发的社会因素。如《新唐书·五行志》写道："永淳元年冬，大疫，两京死者相枕于路。占曰：国将有恤，则邪乱之气先被于民，故疫。"《宋史·五行志》也写道："绍兴元年六月，浙西大疫，平江府以北，流尸无算。秋冬，绍兴府连年大疫，官募人能服粥药之劳者，活及百人者度为僧。三年二月，永州疫。六年，四川疫。十六年夏，行都疫。二十六年夏，行都又疫，高宗出柴胡制药，活者甚众。"

旧史如烟，此时《藏书报》采访，我写出的题目会是什么呢？几经思考，接续两年前的文题风格，我写下"慢慢读书"四个字。围绕着这个题目，我还想到了三个字：慢，躺，创。

先说"慢"，疫情之下，我们的生活节奏明显慢了下来。尤其对书生而言，常言"读万卷书，行万里路"，如今前半句话尚在自我约束之中，后半句话已经行不通了，没有绿码，没有隔离记录，全球性的行为慢化，你就是神行太保也无能为力。当然对勤奋的人而言，也会在慢动作中找到快节奏的表达方式。比如王强先生，如今他在旅途奔波时，经常受到不同国度的隔离政策困扰，此时别人会感到焦躁、抑郁、孤独，王先生却把困境当作读书的好机会，静下心来，慢中求快。去年一次隔离的几个月间，他飞快地译出了名著《破产书商札记》，还做了大量的注释，该书很快在香港牛津大学出版社出版，赶在香港书展上与读者见面。有言"向死而生"，王先生的故事，也可以套称为"向慢而快"。这让我想到历史上的一个现象，在人类社会的纷乱时期，往往会产生一些隐性的优秀人物，此生不求显世，最终会在历史中写下或轻或重的一笔。

再说"躺",周立民先生曾经有专栏"躺着读书"名世,至于怎么躺,他却没说。我是一个喜欢躺读或曰卧读的人,姿态如俯卧、仰卧、半卧、左右侧卧,都是我躺读的日常。如果问:你最喜欢哪种姿势呢?我会选择躺平,或称沙发上"葛优躺"的改进版。基本要领:头部后仰,可以解决颈椎问题;双脚翘起,可以解决血液倒流问题;双手拿书倚在胸前,可以解决手臂酸痛问题。再者采取此种姿势读书,还有六点总结:一是耐疲劳,一躺就是几个小时。二是只能选择重量较轻的书,诸如平装、线装、小精装。三是仰读大部头的书,归于危险动作,最易受伤或受到惊吓。四是仰读时最忌手机干扰,读电子书除外。五是躺平时切勿闭眼睛,否则会瞬间睡去。六是休息时间,选在吃饭、饮水、敲电脑、健身走步时,伸一伸腰身,换一换空气。对读书人而言,如此这般地躺读,实在是神仙过的日子，通常只能在休息日实现，不会每天如此，不然"躺平"一词，何以成为一个负面词呢？鲁迅《自嘲》写道："躲进小楼成一统，管他冬夏与春秋。"实在是读书人躺平的至高境界。

最后说"创"，就是创新，它有两个关键词，一是"第一"，二是"唯一"。创第一很难，所谓第一桶金、第一生存，表述的都是创业人对于第一的追求。常言"有一无二"，说的是第一个创意的价值与市场优势。当年商务印书馆王云五先生说，第一流的出版是"激动潮流"，而不是随波逐流，讲的就是这个道理。但在政府调控、资本自由化面前，"第一"往往是脆弱的、缺乏保护的，很容易被灭掉、吞并、超越。创新的更高境界是"唯一"，它不但是第一，而且还无法模仿，是知识产权的重点保护对象。我喜欢把它称为"玄机产业"，它的产业结构，处处都是智慧，处处都是秘密，处处都是专利，处处都是不可说。除此之外，我们还要想一想，创新的敌人是什么？不仅是年龄、智商、经验一类的问题，更是创业者思想的懒惰，还有无道德、无条理、无目的、无战略等因素的影响。

有了对上面三个字的解说，再来回答《藏书报》的三个问题。

第一是关于藏书或读书，虽然我们嘴上每天挂着"创新"二字，其实对书而言，我更关心一个"旧"字，诸如慢慢读旧书，躺平读旧书，创新编旧书云云。你可能说我是一个旧人，没错。常言推陈出新，如果没有旧日时光的铺陈，没有恋旧、读旧、叙旧、修旧如旧之类的本事，何谈出新呢？事先声明，以书的买家与卖家区分，此时我是以一个卖家或曰出版人的身份谈论问题的，而不是藏家或其他行业的读书人。就出版而言，以草鹭文化公司为例，它恋旧的目的有两个取向。一是重新选择出版国内外的旧日经典，选取上好的版本、译本、插图、版式，再选用上好的纸张、设计、工艺、印装。草鹭运行至今，已经推出的标志性产品有《印存玄览》《傲慢与偏见》《呼啸山庄》《伊索寓言》《钓客清话》《塞耳彭自然史》《伊利亚随笔》《包法利夫人》等。再一是结合收藏者、爱好者的需求，草鹭还有计划地定制、改装、修缮旧书。为了完成好这些事情，草鹭的专注点是如何做一个选取旧书的行家，如何使我们的创意不落于山寨，如何与时代结合，找到现实中的读家、藏家的买点。换言之，草鹭目前醉心的事情，与其说是创新，不如说是创旧。

从事"创旧"的事业，还需要有三个要点。一是传承，先人的劳作是根脉，是灵魂，文化尤其如此。比如西方书籍装帧艺术，已经有几百年的历史，即使它被称为"艺术中的灰姑娘"，但其存在的价值是毋庸置疑的。先人艺术创造的积累，以及匠人精工细作的留存，都为我们的创新留下了丰富的想象空间。以这样一些文化遗产为基础，我们企业的战略发展，就可以避免走许多弯路、短路、绝路；我们的思考，就可以站在先人的肩上，获取更高的起点，产生更为深邃的目光。二是技艺，它是一个创意产业的核心竞争力，也是企业生命的源泉，它的构建与掌握，需要长期的学习、琢磨、思考、实践。比如草鹭文化的企业创意，历经不断研习，总结成败，最终定位为：它是一个艺术创意公司，不同于普通意义上的出版理念；它需要慢慢选取历史与现实中书籍装帧艺术的合理内核，重新组合，重新构建，不可能一蹴而就。三是精致，还以草鹭文化为例，它的理念正是以创造精致文化为标的。此事前有古人，后有来者，但来者寥寥，因此我们没有办法找到现成的道路来走。为了重新构建它的创意模式，我的长考有多久呢？不止十年。拜师的人物如董公、道群、王强、陆灏、恺蒂、谢泼德、马克等，曾经参与其中的设计师、工匠、手工师更多。历经不断的肯定、否定、再肯定、再否定，循环往复，一直走到今天，最终形成了一个以专家为基座，书人、艺人、匠人三位一体的企业结构。再经过朝思暮想、苦研细作、耗尽心血，渐入秘境。如此这般，再搞不出让人惊艳的精品，那只能是我们无能了。

　　第二是过去的一年中，我的几件书事。一是我的小书《五行志随笔》，很快会在商务印书馆出版，其中有周山、江晓原两位先生的序言。在漫长的三十几年间，我们亦师亦友，二位深知我作为一个出版人，何以一生乐于研读中国数术。因此两篇长序，更像是站在不同的视角，对我的文化生活的揭秘。二是我的小书《书后的故事》，内容是我在《深圳商报》两个专栏中的文章结集，即将由华文出版社出版。此书分两篇，上篇"六十杂忆"，是我早年生活的小传；下篇"书后的故事"，记述了我任职海豚社最后几年间的书事。书中有毛尖教授的序言"鲜嫩六十年"，读来让我俯仰啼笑，感动不已，编辑为销售计，此序至今尚未发表，很值得期待。说句题外话，此前几十年间，我的小书都是沈昌文先生赐序。如今请来三位高人，改变了以往的做法。有什么办法呢？一年前沈公抛弃我们，独自飘然界外，作为后辈，我们还要继续在人世间行走。只是没有沈公的日子，少了许多生活的色彩，说起来只能暗自神伤。

今年的书事，还完成了两部书稿。一是《鲍家与商务印书馆》（暂定此题），内容是从晚清到民国初年这一段，商务印书馆或曰中国现代出版的前史笔记。在两年多的时间里，我集中阅读了上百本相关图书，学到了许多知识，理清了许多思路。其中的关键词是"传教士"，我一直希望能对他们有一个比较准确的认识，哪怕是常识性的也好，不然在这个时代，我们真的不敢说自己是一个知识分子。再一是《三年读书记》，内容是在过去的三年中，我为《辽宁日报》写的专栏文章。此书上篇为"常识辞典"，下篇为"读书故事"。每月一篇三千字，自我约定，每篇动笔之前，除了温习已读的相关书籍之外，一定要再读几本未读的书，诸如传记、年谱等，对此旧书网上有我的购书记录。如此倒逼我读书的热情与力度，导致每篇文章都写得很慢，也符合"慢慢读书"的主题。

第三是未来的期待，在沈昌文先生逝世一周年之际，三联书店出版纪念集《大哉沈公》。我该做些什么呢？首先是在新的一年里，能够出版《沈昌文集》五卷，其中的题目有《知道》

《书商的旧梦》《阁楼人语》《八十溯往》《沈昌文书信选》。最后一册书信集是首次整理，都是沈公写给他人的书信，我们收集时，花费了很大的气力。其次，我会挤时间写一本《沈昌文先生小传》，还希望能为沈公敬塑一尊小小的铜像，从追随到师承，我们需要纪念他老人家，永久的纪念！

还有什么期待？有两件事情。一是我曾经说过，争取七十岁之前修缮好我的书房。没想到在我六十六岁之际，书房竟然提前修好了。这样我就可以整理资料，把那部近百万字的《五行志丛考》认认真真地做出来。还有一部回忆录《那一缕书香》，久已交稿，今年也要有一个了结。再一是草鹭文化新年有什么新动向呢？太多了，太精彩了，太惊人了。投资人感叹之余，反复告诫我："晓群啊，商业秘密，一定不要写出来。"好吧，对于我们的奉献，敬请赐候。

低头思故乡

　　转眼之间，我离开沈阳到北京工作，已经有十年的光景。其实入京之前，我在沈阳从事出版二十多年，几乎每隔一两个月就要去北京。京沈两地相距六百多公里，老话讲"里七外八"，说的是以山海关为界，沈阳到山海关有八百里，山海关到北京还有七百里，实在不算远。所以我最初举家迁往北京时，并没有"背井离乡"的感觉。

　　几年过去，有一天我蓦然发现，不自觉间，在我的话语中，沈阳已经被另一个名词代替，那就是故乡。还有那么多熟悉的沈阳人，他们也都成了故人。沈阳，一个我生活五十多年的地方，无论何时想起，它都会鲜活地出现在我的眼前。难道只是这一步迈出去，一切都变成了故旧的记忆？说来故乡与离乡是一对相伴而生的词语，只有离开家乡之后，故乡的概念才会在人的心中生长起来，并且离乡愈久，那样的感觉也会愈加浓烈，这是我亲身的体验。

　　在新的环境中，我已经是一个异乡人。经常会有人问：你是哪儿人啊？你是东北人吧？再进一步，人家会分析你的身世：你的父亲是南方人，母亲是北方人，你在沈阳长大，你永远操着一口平翘不分的沈阳话，你还有一种爽直的性格，南北结合的家庭背景，使你喜爱京沪文化，尤其对海派文化有着特殊的推崇。我相信离家在外的人，大多有过类似的经历。你看，直到去年，出版家沈昌文先生为我的小书《书香故人来》作序，文章的题目竟是《一位边疆壮汉的内陆开发记》！他写道："像我这样在内地出生、长大的人，想象不出像他这样的边疆壮汉到内地开发有多艰难。现在他在这本书里写的是对自己的老同乡的汇报，无不实话，使人心动。"记住，这样的身份定位，甚至会延续三代。三代之后，别人会忽略你的家族渊源，但故乡的记忆，将永远沉淀在你家族的血脉之中。

在新的环境中，我喜欢观察异乡究竟"异"在哪里。我曾在日记中写道，北京的人文环境相对包容、多元，尊重人才，鄙视庸才，据言外地人与本地人的比例为九比一。老北京人听得懂许多东北方言，可能是蒙满文化的余绪。北京人喜欢相声与小品艺术，但他们尊重前者，却不大待见后者，认为许多小品中，东北式的"屄嗑"太多，俗态有余，清雅不足。遇到事情时，东北人喜欢拍胸脯说"没问题"，颇为夸张；北京人喜欢说"应该可以吧"，态度温和，可进可退。有些词语，各地用法不同，比如整人，南方人称"整蛊"，北京人称"扎针儿""下药儿"，沈阳人称"调理人"。北京人弄不明白东北人口中"调理"一词有更多的涵义。

随着生活的融入，我愈加发现他乡与故乡的差异无处不在。那一天，我来到京城北郊，在一个乡间小店住下。店外有一个古亭，我最喜欢在那里呆坐，望着绵延起伏的燕山山脉，听着远处杜鹃的鸣叫声时断时续。那种叫声，在东北是听不到的。山脚下有一片辽阔的草地，那是旧时皇家的狩猎场，说是辽阔，远不能与东北的旷野相比。不远处有一个小村庄，是历代守护皇陵的家眷栖息之地，后来形成自然村落，那里有蒙满的后裔，也有低调的汉人。类似的自然村落，东北也有很多，但旧文化的遗迹远不及京城丰厚。如今的皇陵已不需要那些人看守，但新建的陵园又为他们带来生计。年复一年，他们会制作一些祭祀之物，沿路摆摊，摊主们默默地坐在那里，不会叫卖，也不会主动招呼路过的行人。公路旁还开着很多祭品店，门前没有招牌，但会摆出几样纸制的物件。祭品店二十四小时营业，关着门但不上锁，你可以随时推门进去，伴着开门声，在纸花纸马的暗影中，会闪出人来应酬，他们或男或女，都是满口京腔，没见到有外地人。与东北比较，那里的祭品更精致、更丰富，也很经济，烧纸只是一小叠，不会像咱东北人，动则来上"一刀纸"。

人离开了家乡，许多喜好与习惯却无法改变。打开电视机，那么多频道都甩着京腔、咬着舌头说话，这也罢了，只是那北京体育台，几位"京爷"坐在那里，一侃就是一百分钟，让我至今无法忍受。不是他们说得不好，其实他们营建地方体育文化的能力，实在值得家乡学习；但体育迷有一个奇怪的现象：爱一个球队，往往一生都不会改变。你知道去年 CBA 辽篮夺冠，郭士强、郭艾伦、韩德君在 CCTV5 上又哭又笑又跳，满屏东北话，许多北京朋友还发来贺电，此时我心中那叫一个舒坦，身边也有其他地方的球迷，脸都气绿了。平心而论，许多北京球迷第一喜欢北京队，第二喜欢的是辽宁队，他们尤其喜欢辽宁籍球员，在节目中也会密谋怎么挖韩德君，还会为辽宁足球队惋惜。

有时，思乡是一种聆听，听到一点乡音都会感到亲切。思乡是一种回忆，喜怒哀乐，爱恨情仇，生老病死，都会成为怀念的理由。思乡是一种奔波，每年都要返回家乡，祭扫陵园、拜会亲友，感受清风拂面、乡音袅袅，心情才会平静下来。思乡是一种阅读，寂寞的时候，空虚的时候，读一读王充闾先生的新著，读一读刘齐大哥、俞江大哥的网文，读一读王辉、丁宗皓、祝勇、周立民……

思乡是一种姿态，举头望明月，我总会从淡淡的月色中，看见逝去父母灰白的面容和关切的目光。回龙岗，月光下摇曳的树影，还有那一座座拖着暗影的墓碑，永远铭刻着一个个家族的记忆，每次都会让人不由自主地低下头。

思乡的人，不会趾高气扬；思乡的人，总会低着头。

沈阳话，行天下

近日网红、沈阳人郎朗得意扬扬，坐在那里，教导他的外籍媳妇吉娜说东北话。我偶然在手机上看到视频，一阵欢笑。身边的朋友撇撇嘴说："这美妞上当了，那只是沈阳话，不能代表东北话，咱吉林话就比那好听多了。"

他说的也是。可我走遍大江南北，听遍南腔北调，还是爱屋及乌，总觉得沈阳话最有特点，辨识度高，感染力强，俏皮话多。说起话来，不装不嗲，声音朗朗，即使是各种语病，也会化成"包袱"，直击人们的笑点。比如读音平翘不分，原本是短板，如今却颇为风靡。歌手胡海泉，他客串主持大型音乐节目"我是歌手"，一次次读错字音，还不断流露出沈阳话的尾调，弄得几次被罚做俯卧撑，没想到却萌翻了无数粉丝。沈阳人独有的气质，使他成为最有特色、点击数最高的一届"客串歌手"，那些语音奇怪、绰约多姿、奶声奶气的各端人物，都不是对手。

当然，海泉的翻唱也不是都完美，比如唱普通话版《大地》，一顿狮吼，累得差一点儿背过气去，非常好听。但我觉得，他还是没有理解 BEYOND 粤语版《大地》的意义，苍凉、内蕴、辽远。海泉的歌声中，充满了北方丰收的喜悦。

胡海泉的口音是道地的沈阳话，还有那英，模仿港台腔也没有用，还不如现在，恢复和平区本色更为可爱。其实一过长江，南方人听不出北方口音的细节，连北京话都一并被称为北方话。而东北话乃至辽宁话，林林总总，因地而异，口音不大相同：赵本山那是铁岭口音，福原爱那是鞍山口音，吉娜拜师郎朗，学的倒是真沈阳口音。南方人哪里分辨得清楚呢？

吉娜学沈阳话，跟不上郎朗的节奏，因此批评郎朗舌头大，令人听不清楚。其实沈阳话原本语速太快，君不见某年某南方大学，他们参加大学生辩论赛获得冠军，而首席教练兼辩手，正是本科出身于辽宁大学的沈阳人张博士。他告诉我，南方大学选拔辩手，沈阳人很吃香，我们起码有四个优势：声调、语速、幽默、诡辩。有观点说，幽默是沈阳话固有的语言特征，再加上沈阳人特有的"二"的精神，完美！或曰：原本存在，无需嵌入。

东方卫视"欢乐喜剧人"节目中，策划人试图让各方曲艺欢聚一堂。郭德纲操持，自然相声受益最多，但在说话类节目的比拼中，除了岳云鹏与孙越拿过一届冠军，东北话的节目堪称全面占领。其中沈阳元素不少，有多栖的小沈阳，还有单口的小沈龙。最近一期实在没有办法，因为要保持所谓艺术的多样性，不能让东北话或曰北方话一家独大，所以最终获得冠军的剧目，竟然是哑剧。

难怪网上有两个传说。一是办公室中的职员来自四面八方，其中只要有一位东北人，过不了多久，他们都会或多或少沾染上东北口音，连外国人也难幸免，只要他学习汉语。再一是近些年南方小女生交朋友，北方男孩颇为走俏：身体健壮，性格爽直，说话像小品一样，笑点极多，多欢乐啊！

上面的故事，多为调侃，还有些自恋。其实游子走天下，不给家乡人丢脸，俗语说"到什么山上唱什么歌"，最终站得住脚的，靠的不是口音，而是才华。我身处文化界，知道沈阳出去的几位朋友，不仅在嘴上，也在笔上，也在文化事业上，没少给咱家乡争气。

知道北京故宫吧？如今越来越火，书写故宫的书籍也越来越火。如果喜欢，你一定要读《故宫的风花雪月》《故宫的隐秘角落》《故宫答客问》《故宫秘境文丛》《故宫的古物之美》《在故宫寻找苏东坡》……好书一本接着一本，它们都出自一位沈阳帅哥之手，翩然才俊，祝勇是也。

知道辽宁人民出版社吧？当年有一套王蒙主编的"课外语文丛书"风靡全国。后来此书的策划人被上海引进，去上海科技文献出版社任社长，推出一套"老课本丛书"，开思想风气之先，又风靡了一把。他是一位文弱书生，赵炬是也。

知道春风文艺出版社吧？它地处沈阳，是辽宁出版集团下属单位，当年因出版"布老虎丛书"而名满天下。如今大名鼎鼎的人民文学出版社，它的掌门人正是一位激情厚实的沈阳壮汉，他曾任春风文艺出版社副总编辑，臧永清是也。

说来也奇怪，在我的好朋友中，许多优秀的人都在沈阳有亲戚，并且女性居多。为什么？当然是沈阳姑娘优秀了。至于怎么优秀，那要采访她们本人，我只会数据统计。有北方血统或生活经历的朋友，他们在聊天的时候，写文章的时候，演讲的时候，时常会把"家乡话"掺杂其中，似乎那样说话，才更有劲。我统计过使用频率，其中最高的是：哎呀妈呀，咋的了，贼好，拉倒吧，老弟，干就完了……

实体书宣言

　　《大英图书馆书籍史话——超越文本的书》，原名《书为历史》（*Book as History*）。全书八章，文字简短，即使算上图注文字，每章都不到一万字。但书中附有许多不易见到的、有版权的珍贵插图，足以为本书的题目撑起腰身。有评价说，这是一部书籍史的普及读物。我逐字研读，心中不禁暗暗称奇，感叹作者以及译者的惊人妙笔，感叹它正是一部"大家小书"的典范之作。

　　本书作者大卫·皮尔森，剑桥大学博士。他是一位名副其实的书籍史专家，曾担任英国国立艺术图书馆收藏部主任、英国目录学协会主席。著有《书籍历史中的来源研究指南》《牛津装帧设计》《英国书籍装帧风格》。在他的著作中，西方学者的方法与风度尽显无遗。那是什么呢？就是温和、说理和尊重。《泰晤士报》说，当书籍的未来亟待探讨时，这本书及时出现了。《图书馆》杂志说，所有图书馆都该收藏这本书，并列为馆长必读。《选择》月刊说，它是伦敦饱学之士的扛鼎之作，不可不读。

本书译者恺蒂本名郑海瑶，也是一位很值得绍介的人物。二十世纪九十年代她就在《读书》上写文章，那一篇《企鹅六十年》，几乎是我了解西方出版的启蒙之作，那时恺蒂只有二十几岁。后来她的著译有《海天冰谷说书人》《酿一碗怀旧的酒》《书缘·情缘》《书里的风景》《莎士比亚书店》。如今恺蒂定居英国，曾经在英国国立艺术图书馆工作，大卫·皮尔森正是她的顶头上司。近些年我们关注西方书籍史，请恺蒂参与工作，她推荐的第一位作者就是大卫，并且亲自动手翻译他的著作，这不是天作之合，还会是什么呢？

在这部著作中，大卫把纸质书称为实体书。他首先阐释了书在人类文化生活中的重要性，正如莎士比亚在他的《十四行诗》中写道："世界上没有大理石的雕像或鎏金的王公纪念碑，能够比得上诗篇的经久和权威。"在《暴风雨》中，主人公把书喻为国家主权的标志："书斋是我广大的公国。"再如伊斯坦布尔的圣索菲亚大教堂的壁画中，皇帝拿着一袋钱，而耶稣则拿着一本书。由此可见，人们对于书籍的尊重，以及书籍在人们心目中的崇高地位。即使在今天，英国等许多国家都不对书籍征收附加税，因为书籍就像食品和孩子们的衣服一样，被视为生活的必需品，而不是可有可无的东西。在许多盛大庄重的仪式上，伟人或政要们都喜欢用摆满实体书的书架作为背景，那样会产生有学问、庄重与严肃的感觉。

当然，实体书的力量不仅表现在正面场合，大卫列举小说《华氏451度》（雷·布拉德伯里，一九五三）中的话说，焚烧书籍也是一个让人感动的文化意象。那种效果是焚烧任何其他东西都达不到的。所以在人类文明史上，焚书与禁书，往往是一个不可替代的政治与文化变革的符号。大卫说，纳粹是臭名昭著的焚书者，二十世纪三十年代纳粹焚书事件众所周知。不过焚书的历史更为久远，统一中国的皇帝秦始皇，他不仅以建造长城和兵马俑闻名于世，也曾以"焚书坑儒"来控制人们的思想。

但是，随着电子书的出现，实体书面临着灭顶之灾。大卫在他的书中，列举了两个图书馆"集体失败"的例子。

一是哈佛大学图书馆馆长罗伯特·达顿的

著作《书之辩》（二〇〇九），其中有一章讲到数码时代的图书馆。他以谷歌发起的图书馆数码化项目为例，批评文本新旧载体的转型带来的公益化与商业化的替换，认为这是图书馆事业的集体失败。无论我们如何美化这一次变革的必然性与必要性，它带来的结果一定是谷歌1，图书馆0。

再一是尼克拉斯·贝克的著作《两次折叠：图书馆和对纸质印刷品的攻击》（二〇〇一），书中贝克抨击了美英一些图书馆，他们用微缩胶片取代报纸之后，将大量的印刷报纸销毁，结果在美国公众中引起一场激烈的争论。贝克斥责图书馆员为"只顾成本的傻瓜"，这也是图书馆事业的集体失败。

不过除此之外，大卫更关注在数字化与商业化的笼罩下，实体书的尊严消失殆尽，"实体"本身也会走向消亡。等到那时候，我们连焚书的机会都没有了，哪还有文化意象可言呢？为此，大卫在书中给出一张照片，那是在二十世纪下半叶，美国公众抗议销毁纽约公共图书馆中的藏书和资料，抗议者说，这种做法与越战时期的军事手段没有什么两样。当然，大卫的笔触并没有停留在恋旧的层面上，他也不抵触数字化的必然兴起，但是需要指出，实体书的文化意义，远非那样一次简单的替代就可以完整地承继下来。

首先，我们不能把实体书等同于文本的载体或设备，不能等同于光盘、硬盘的替代性，或者是像一组音响一样不断更新换代。大卫说，如果是那样的话，实体书早就灭亡了。所以我们不能过于神化数字化的功能，比如一块刻有文字的黏土板，它在很长一段时间里，是人类最早记录信息的手段之一。虽然上面只能刻几句话，但它可以流传数千年，至今仍能被人阅读（只要你能读懂这种语言）。但一张软盘可以容纳几十万字，短短几年间就已经成为过时的技术，不可再读。在这一层意义上，孰是孰非，远远未到给出结论的时候。

其次，实体书附带的诸多历史与文化的痕迹，使之具有唯一性、不可替代性和不可删除性。对此，手装书的故事最多，一本书，它可能只属于一个人、一个家族、一个时代。拥有者留下的印记，一定是独一无二的，有时会是极其珍贵、不可再现的。比如，大卫在书中列举了英国九日女王简·格雷的一本手抄《祈祷书》，还附有这本书的书影。据说一五五四年，格雷在伦敦塔被处决时，曾经把这本书带上脚手架，上面有她手书的关于"生之日，死之时"的语句，还有她写给父亲和伦敦塔中尉的笔记，内容为她对死亡的思考。

还有一个更让人感动的例子，那就是哈佛

大学天文学和科技史教授欧文·金格里奇，他对哥白尼《天演论》第一、二版所有已知流传下来的版本，进行了一次详细的统计。他在全球一共找到六百多本，对这些书的拥有者、注释和其他实体特征进行了研究。他证明，在十六世纪的欧洲，天文学家购买此书的速度非常之快，他发现当时的专家们有一个分享交流信息的网络，他还从对这些版本的分析中，得出第一代读者对哥白尼日心说接受的程度。

最终大卫说，他写《书为历史》的主要目的，正是要挑战这样一种观点，即书籍只是文本的承载体。此书要表明，书籍本身也是人类的文化历史文物。如果书籍存在的理由纯粹是作为文本的载体，那么距离它们的消亡真的不远了。

碎片的欢歌

很多年了，碎片化阅读始终是一个热词。人们对它的界定，有些贬义，有些中性，但似乎很少有正面的评价。贬什么呢？无非是批评它浅薄、浮躁或流俗，批评它将阅读与写作双双引入歧途。至于中性的评价，不过是对它持一点宽容或容忍的态度。

我却认为，不应该将碎片化阅读过于污名化，因为整片与碎片的文字表达，久已存在于我们的生活之中。比如在传统的意义上，碎片的文字，可以拼接成整片的典籍，像《易经》《论语》一类文体，都是文字整合的典范。反过来，整片的东西，也可以切割成碎片化的短语，像《太平御览》，它的编纂结构类似于现在的阅读词典，给出一个关键词，再把众多典籍中的相关词语切割下来，罗列其下。人们读起来，不但文字清晰、易查、易诵，还便于比较先人的观点。更有趣的是，后来《太平御览》摘录的典籍，有些逐渐失传，人们又从《太平御览》中，把那些碎片化的语词再积聚起来，借以恢复成原著的面貌。类似的故事还有很多，可见自古以来，人们的阅读，始终在整片与碎片之间跳动。至于整片与碎片孰是孰非，孰优孰劣，自然是要具体问题具体分析了。

当然今日之碎片化阅读，与上面的喻说多有不同。首先是生活节奏的变化，常言"快"字当头，"碎"也就在其中了。为什么快？有说是社会进步，文化催生，生活所迫，其实最重要的原因，是传播载体的变化带来阅读方式的变化。按照《童年的消逝》作者波兹曼先生的观点，人类社会的每一次阅读革命，都来源于阅读载体的变化：十五世纪欧洲古登堡发明活字印刷机，从而实现了阅读的大众化，带来第一次阅读革命；十九世纪中叶，人类第一封电报的发出，实现了阅读媒体的电子化，导致电影、电视等一系列泛阅读媒体的产生，带来第二次阅读革命。在这里，我们接续波兹曼先生的判断，二十世纪互联网的出现与发展，已经带来了第三次阅读革命。正是在这一次变革之中，人们对碎片化阅读的关注度，上升到了前所未有的高度，或曰它已经成为热词中的热词。

　　说来网络热词有一个特点，那就是突然发热，快速冷却。碎片化却不同，它在网络形态中，始终占据着重要位置。因为它是网络世界中的顶层概念，像是数学中的公理，而不是定理或推论。什么公理？就是碎片化阅读是网络发展的充要条件，至于谁因谁果，谁前谁后，谁是谁非，实在无需回答，因为公理即公认的存在，存在胜于无视，形式包含内容，不管你喜不喜欢、愿不愿意，它就在那里！

其实网络阅读也有一个演化的过程。在不长的一段岁月里，网络上五花八门的阅读方式，一直发生着变化。其中的许多项目，由兴起、兴旺到沉寂，始终处于生生灭灭的状态。

相对而言，生命力最强的平台，微博是一个典型。它将阅读与写作编织成一个游戏场，那里核心的文字规则，就是"一百四十字"的限定。它这样做的目的，正是以短搏长。这一创意貌似平淡无奇，结果却带来勃勃生机。即使历经那么多风风雨雨，它始终死而不僵，奄而不息。在此我们不得不感叹"微博式碎片化"的神性。微博上还有一个规则也很厉害，那就是九宫格图片的设定，它甚至催生出各种网络美学：如何配图？哪张图放在哪里？再者经常发图的人，还会建立一些规则，比如一般禁用五、七与八张图，那会使画面产生残缺感。想想为什么？

近些年手机与网络互联，功能在不断升级，阅读碎片化的地位更是在不断攀升。对此，阅读者无所谓，因为他们只要便捷，只要新奇。他们的目光，在每个帖子上停留的时间，平均不足半秒钟。但对于写作者而言，却是一个天大的难题。究竟怎样做，才能留住这珍贵的"一瞥"呢？线上人花样迭出，线下人跃跃欲试。即使网络表达如此碎片化，即使在网络上，发文章没名没姓，写文章没长没短，录文章没头没尾，转文章没完没了，那又怎样呢？点赞数、粉丝数、转载、留言……凡此种种，都像是一些缓释的兴奋剂，不断刺激着读写双方的兴奋点，不断演绎着一出出新时代的网络狂欢。

京派、海派、美编派

　　近日案上放着三卷书：《如果没有书店》绿茶编绘，《海派》陈子善、张伟主编，《美编派》周晨著。前者为京华风流，中者为海上余韵，后者为姑苏烟云。且说后两部著作均自道为"派"，可谓取义趋同，不谋而合，而我称京城中人物绿茶兄的著作为"京派"，却是从书中读出来的感觉。其实京华大地、六朝古都，最道地的人文风度，说的是一个"范儿"。不过自古地域文化多源异流，兼容并包，和而不同，同而不和，"派"字当头，"范儿"也就在其中了。

　　先说《如果没有书店》，我手上一册是"大毛边本"。何谓毛边？不裁是也。何称其大？难道毛边还有大小之分么？当然有。毛边书在制作环节有许多门道。简言之，大毛边的书壳为原大、书芯更大，毛边书芯会从书壳中凸露出来。小毛边的书壳较原书加大了尺寸，书芯尺寸略大，毛边往往经过精心修理。像一些上好的毛边书，切口纸屑均匀，整洁美观，经常被视为收藏珍本。小毛边本，可以采用手工制作，机械的毛边机，至今国内还未见到过。我日常读书时，遇到毛边本，一般会放下来收存，再买一册光边本来阅读。但绿茶兄这一册毛边本，内容与外观最为搭配，手持一柄裁纸刀，先裁开目录页，再裁开前言后记，再再随意落下一刀，裁来裁去，一页文字，一页靓照，一页小画，一页手书，如春光乍泄，不断有惊喜出现。读此类书的要义是切勿一次裁完，最好在有闲之日，且看且裁，且裁且看，否则会丢失掉参与的情趣与热情。参与什么？当然是绿茶兄的书店巡视之旅了。多年以来，文人谈书店的书很多，这一册却很是不同。总结起来有三点：一是著作者的经历，从兼做风入松店员开始，又曾担任《新京报》书评版编辑，还做了那么多阅读推广工作。这样的经历，保证了本书论说的专业性，认知的职业性，文字的严谨性。比如其中的文章《打开书店的八种方式》，写得真好。二是著作者的才情，绿茶兄读书，历来且读且走，且观且记，且吟且画，他视角独特，记录方式多彩多姿，才气逼人。如此行吟式的著作，最让我欣赏，但此类作品貌似落笔轻易，实则愈简愈难，最容易暴露作者的功力与底细。况且他的写作，还需要有宽松的人文环境的托衬，还需要著作者日常的留情、留意，精心、细心。前些年国内此类作者比较少见，好作品更少。海外如钟芳玲《书店风景》《书天堂》，还有德梅斯特《在自己房间里的旅行》等，都有极好的表现。绿茶兄一册面世，与此前同类书比较，从格调、品质到具体细微之处，类同质异，形神独具。三是著作者走笔放浪，京范儿十足，所记所收，所评所论，豁然大气，不拘一格。全书布局，貌似散散落落，实则有一条主线牵引，串联起一个个极具个性的文化主题。换言之，京范儿的高谈阔论，并没有影响绿茶兄的独立意识。于阅读，于文化，于生活，于见识，他始终坚持过自己的日子，讲自己的故事，写自己的文章，始终坚持踽踽独行，无论风和日丽、雷电交加，都不会改变。

再说《海派》第一辑，大方开本，比当年的《万象》杂志大上一圈，很像是一个升级版。但它不是杂志，只是一本系列书。封面上是周鍊霞的《春困图》，画的是一位旧日女子站在木船上撑篙，甲板上放着一个鱼篓，还伏着一只小龟。那女子头戴蓝花布头巾，睇目低胸，柳肩细腰，满脸妩媚，春意盎然，看不出有何倦意。我跟子善先生开玩笑说："这是春困么？我倒很担心她不小心会掉入水中的。"我请子善先生题字，他写道："晓群兄迷海派，几乎每月来上海。"这话说得不错，我四十年做出版，经常东奔西跑，回头一算，果然上海去得最多。为什么？说来原因有三：一是我的师父沈昌文先生是上海人，他迷恋上海，迷恋上海文化。当年他带着我们拜见作者，来上海最多。他八十岁之后，甚至告诉我们，如果需要出差见客，离开北京，只有上海还可以去，其余的城市就去不动了。二是我勤来上海，也是因为有许多业务在那里。有名的项目如《万象》杂志、"新世纪万有文库"、近世文化书系、"海豚书馆"等，这些书的编辑部都设在上海，作者之多，甚至有胜于北京。三是我的文化根脉，或曰做事的调性，也与海上文化息息相通。什么调性呢？不是宏大叙事，不会跟风逐浪，不肯趋炎附势，只是在人文个性的发展中，做一些细微的基础工作，戏言"将八卦进行到底"，意在捡拾零金碎玉，小心求证，细心整合。如此做事，恰恰表现出上海人的精明之处。再者见到《海派》，自然会想到新老《万象》杂志，还有陈建华《文以载车：民国火车小传》一类小书，都是方开本，都有百年海派文化的影子。

最后说周晨《美编派》，此书从里到外，材料、色调、版式、装订、文字、图片……凡此种种，处处精工细作，处处表现出一位职业艺术家的追求与底蕴。如果你是一位书业行家，还是一位挑剔的人，一位不肯服输的人，拿到周晨的装帧艺术作品，一定会感到震动，一定会感到绝望。绝望什么？细节无可挑剔，才艺无以复加。就工艺与文心而言，这一个精美绝伦的姑苏"派"，确实不同于那一个百年风流的上海"派"。单就内容与形式而言，周晨的创作与设计，已经达到很高的境界。比如《美编派》的装帧方式，构思之奇巧，我几乎难以用文字来表达：两叠主题文字之间，嵌着一叠诸位高手的专题文章，放在一起，可以完整阅读，抽取出来，依然可以分而赏玩。我做出版见识不少，这样的书装结构从未见过。其实恁些年来，周晨设计作品渐入化境，惊艳、惊奇、精美，形成独自风格。每一款作品出世，都有奇绝妙曼之处。前些年我们合作，设计《冷冰川墨刻》，创意、工艺、材料、印制，都由周晨一手包办。出版后，作品先拿到几个国际印刷大奖，接着拿到中国最美图书、世界最美图书、国家图书奖等。周晨戏言，这本书几乎拿遍了国内外几个大奖。后来周晨又设计《凌听》，创意更为出尘超逸，洁白的一卷纸，淡淡的字迹，晶莹透亮的外包装，完全打破了传统的书装概念，翌年即获得中国最美图书奖。我还赞叹周晨设计的《姑苏城脉》《绝版的周庄》《江苏老行当百业写真》《冷冰川》《梅事儿》等。尤其是那本《梅事儿》，只是小小一册散文集，记载了姑苏几位才高文人的赏梅文字。与周晨那些高大上的设计比较，它仅相当于一部设计小品，我却极喜欢，拿在手上，言情、移情、览物之情，思古之幽情，一并涌上心头，片刻化掉人世间的种种烦恼。

恨书、爱书与焚书

自古焚书，大抵出于两种原因，一是恨书，二是爱书。这话听起来有些矛盾，恨则焚之，还可以理解，爱又何以要焚烧呢？

先说恨书，焚书者究竟恨什么？无非是恨书扰乱人心，恨书启发民智，恨书记录历史。如此认识，秦时李斯说得最清楚："古者天下散乱，莫能相一，是以诸侯并作，语皆道古以害今，饰虚言以乱实，人善其所私学，以非上所建立。"怎么办？李斯建议，昭告那些读书人，让他们在三十天之内，将"文学诗书百家语"一律烧毁。如果发现有人不执行，就将他的面部刺上标记，涂上墨汁，赶去修城。后来秦朝的法律中即有"私人挟带书籍者将灭族"。秦灭汉兴之初，汉高祖刘邦时依然有这一条秦律存在，直到汉惠帝刘盈时才将其废止，后面才有了汉武帝时全民献书的热潮。

德国纳粹也是恨书出了名的，他们曾将德国一万多座图书馆中的三千多万册图书尽数烧毁。非但如此，他们入侵一个国家，还要重点烧毁那里的文化构建与图书。如王强曾在《犹太书籍年鉴》中读到一九四一年三月二十八日，德国《法兰克福报》写道："对我们来说，毁掉公认的波兰最大的律法学院是无上光荣的事。我们将巨大的库藏扔出建筑物，把书籍运到集市上付之一炬，烈焰持续二十小时之久。卢布林的犹太人聚集在周围失声痛哭，哭声几乎把我们湮没。我们召集起军乐队，士兵们兴高采烈的欢呼声盖过犹太人的痛哭声。"

再说爱书，你一定会问：爱就不会焚了

吧？非也。在中国历史上，梁元帝萧绎的故事最为奇葩。他自幼盲一目，后来他的妃子徐昭佩戏弄他，每次见面只画"半面妆"。这位妃子正是"徐娘半老，风韵犹存"的原身，她生性风流，曾与美男暨季江相好，事后季江叹道："柏直狗虽老犹能猎，萧溧阳马虽老犹骏，徐娘虽老犹尚多情。"虽然梁元帝视力不好，却酷爱读书、藏书，经常让几个人轮流给他朗读经典，通宵达旦。朗读者听见他鼾声如雷，便偷偷删去一段，梁元帝醒来会指出，某段为什么不读？再者梁元帝藏书巨多，后来他被西魏军队围困城中，危急时刻，他首先想到将十余万册藏书全部焚毁。因此留下"由爱书而焚书"的千古奇闻。他临死之前，含泪写下四首诗，然后捧着诗，被人塞进土囊中压死。其中一首写道："人世逢百六，天道异贞恒。何言异蝼蚁，一旦损鹓鹏。"

还有清代纂修《四库全书》，花费十余年时间，篇幅浩大，不可谓不爱书。但他们在纂修时，大量销毁不利于清朝的书，剿灭明人作品，甚至殃及两宋，如岳飞的《满江红》名句"壮志饥餐胡虏肉，笑谈渴饮匈奴血"，也被改为"壮志饥餐飞食肉，笑谈欲洒盈腔血"。鲁迅在《病后杂谈之余》中写道："现在不说别的，单看雍正乾隆两朝的对于中国人著作的手段，就足够令人惊心动魄。全毁、抽毁、剜去之类也且不说，最阴险的是删改了古书的内容。乾隆朝的纂修《四库全书》，是许多人颂为一代之盛业的，但他们却不但捣乱了古书的格式，还修改了古人的文章；不但藏之内廷，还颁之文风较盛之处，使天下士子阅读，永不会觉得我们中国的作者里面，也曾经有过很有些骨气的人。"所以鲁迅说："清人纂修《四库全书》而古书亡。"

最后说到爱恨交加，二十世纪初年，张元济先生曾在上海建立涵芬楼即东方图书馆，为当时私家藏书之冠。但一九三二年初日本轰炸上海，炸毁上海商务印书馆，将几十万册书付之一炬，焚书的纸灰弥漫在空中，持久不散。史记一位日军司令写道："烧毁闸北几条街，一年半年就可以恢复。只有把商务印书馆这个中国最重要的文化机构焚毁了，它则永远不能恢复。"后人称其是自火烧圆明园以后，最令人痛心的文化惨剧。目睹此情此景，张先生热泪纵横，爱恨交加，不禁叹道：早知道如此，我真的不应该把它们收藏在一起。

阅读的三次革命

　　总结数百年历史，人类社会曾经发生过三次阅读革命。第一次是在十五世纪以降，以古登堡活字印刷机的发明为标志，纸质书阅读开始走向大众化。再一次是在十九世纪，以电报机的发明为标志，电子传播开始进入我们的阅读生活。那么，第三次阅读革命产生于何时呢？正是二十世纪以来，伴随着互联网的出现与快速发展，网络阅读正在全面覆盖人类的生活。

　　回顾三次阅读的变化，我们为什么要使用"革命"一词呢？它基于三次变革的深远意义。比如第一次阅读革命，它不但使书籍传播实现了大众化，而且还创造了独立作家的概念，使社会中的文盲大幅减少，使儿童的分年阅读成为可能。这里的"分年阅读"，是指为不同年龄段的儿童，提供不同的书籍，由此产生了"童书"的概念。那么，童书编写的宗旨是什么呢？用一句话概括：不但要回避某些成人化的知识，更要为儿童建立起羞耻感的观念，因为羞耻感是区分野蛮人与文明人的基本标志。在这些工作中，纸质书的阅读功能与特质，一直起着至关重要的作用。

说到这里时，我们才会明白，为什么社会学家们对于纸质书如此崇尚与倚重。他们的情绪绝不仅在传统、恋旧与习惯等因素之上，更重要的原因是他们认为，纸质书是人类文明进步的最佳伴生物。后来的许多替代品或衍生物，如电视、电影、电脑与阅读器等，在社会伦理学的意义上，都不如纸质书那样优异与恰当。比如第二次阅读革命，标志性的衍生品是电视机。它的革命性的意义是什么？首先是阅读者不再需要识字了，即使是文盲，也可以坐在电视机前，毫无障碍地阅读电视节目，然后跟你品头论足、高谈阔论。其次是在电子传媒时代，此前以纸质书为依托，人们制定的"分年阅读"功能几乎消失殆尽，电视机中一些不知羞耻的节目，根本没有办法真正做到分年或禁止儿童收看。当一个家庭围坐在电视机前，遇到儿童不宜的节目时，你可以让孩子们转过头去，但这不是解决问题的办法，而只是一种无奈。因为在此类电子媒体上，传统的羞耻观教育，已经很难实现了。目睹此情此景，老派的社会学家怒不可遏，他们恨不能将电视屏幕砸碎，再将电视机外壳废物利用，放一些纸质书在其中。

由此可见，革命是一个中性词，它既可以带来人类社会的进步，也可以导致某些退步，甚至导致一些恶果的产生。进一步思考，科学也是一个中性的概念，它既可以造福人类，也可以为人类社会带来麻烦或灾难。由此想到第三次阅读革命，即网络阅读的兴起，它的进步意义不用我饶舌，实在多得不可胜数，而且它们带来的变革也随处可见。比如许多年中，人们数次宣布纸媒必将灭亡，纸质书最终必将被电子书替代，退出人类的生活。事实上近些年来，许多纸媒已经消失了，而且手机正在灭掉座机，网络正在灭掉电视，线上影院正在大口吞噬着线下影院的市场。

此处，"在线"是一个革命性的概念，它在我们的现实空间之外，又开辟出一个虚拟空间，俗称"线上"。最初人们只是去那里玩玩看看，后来是在线上、线下不断穿越，交替生存，最终是每天捧着手机，永远在线，偶尔线下了。如果你不理解这样的变化，不接受这样的生存状态，那只能说明，你已经老了，已经 OUT 了。至于最终它会将人类社会引向何方呢？只有天知道。

让阅读陪伴终生

转眼之间，我退休快一年了。时常有人会问，你在做什么？我一般会敷衍：在看书、写文章。再深追究，你到底在干什么？认真回答一下吧，说点实话吧。

不怕您笑话，在最初一段退休时光里，我一直是在捯气儿。"捯"读 dáo，像是剧烈运动后，气喘吁吁，需要猫着腰，张大嘴巴，蹲在那里喘粗气儿。捯气不同于导气，导气就危险了，说一个人就剩导气儿了，那是命在旦夕。呵呵，又是诡谲的东北话。

为什么要捯气儿？也是因为自己没有退休的经验。三十几年奉献国企，每天上班下班，朝九晚五，已经成为固化的生物钟，从年轻力壮到鬓发斑白、日渐疲乏，直到退休，甚至连休假都没有过，职业人的工作规程，已经融入我的生命。当退休降临的时候，开始我还满心欢喜，想着三个步入老年的热词：自然醒，自我修复，自由自在。但是没想到，当我突然放松下来的时候，当职业规程从我的体内迅速抽离出去的时候，过往的磨损与惯性的存在，都开始引起不良症候的发作：血压问题、颈椎问题、关节问题、视力问题、睡眠问题、疲倦……"垮掉的一代"，积劳成疾，都不是一句空话。

此时人的机体就像机器人一样，随着环境的转变，本体功能也要转变，需要重新调试、重新布局、重新启动，一个二手的新我，正在挣扎着破土而出，祈求再生。

那天晚上我躺在沙发上捯气儿，忽而胡思

乱想：人生就像一群人在向着一条终点线奔跑，前方有高山大川、绿野溪流，谁也不知道终点线在哪里，谁都知道终点线必将出现。所以每一个人都心怀焦虑，焦虑的终极原因是害怕必然的死亡，而人类的终极追求不是消除死亡，而是消除死亡带来的焦虑。青年焦虑生死无常，中年焦虑老之将至，老年焦虑来日苦短，其实年龄是一个相对的概念，对于所有人而言，终点线都是突然出现的。有些人匆匆奔跑，烦躁不安，身心俱疲，没有心思观看人间秀色、自然美景。有些人随遇而安，心平气和，且行且饮，且歌且舞。理想，命数，积极，消极，其实人是很渺小的，小到不如一粒恒河沙。

怎么办？

首先需要调节。调节什么？其实也没有那么复杂，归结起来只是一句话：把气儿喘匀。跑步要喘匀气，走步要喘匀气，静止何尝不是呢？一个人静坐在那里，还不忘往日的气喘吁吁，那能好么？不生病才是怪事，至少也是精神异常。

其次需要缓释。缓释什么？其实也没有那么难，归结起来就是一句话：把节奏放慢。起、坐、洗、饮、吃、走、跑、言、听、读、睡，一切的一切，都需要去除焦躁的心情，做得更精致一些。比如读书，从前一目十行，如今一行十目，要不断提醒自己，甚至强迫自己，一定要让自己的生活节奏慢下来。

最终我们需要融入理想的阅读。虽然眼睛花了，颈椎病时而会带来一阵眩晕，阅读与写作的疲劳周期也在缩短，但只有一生保持阅读，才会使你的身心真正地、长久地安静下来，为什么？

阅读会给你带来生命的尊严。老人的自信与尊严是什么？是知识的掌握与人生经验的积累。要想保持你的优势，只有通过不断的学习，从而保持精神生命的活力。比如我一直很尊敬出版家陈原、沈昌文等先生，因为他们具有两个优势：丰富的经验，不断地学习。记得二十年前，我做出版社社长的时候，每当我们提出一个选题，总想问一问沈先生：这个题目可以么？沈先生在与我们认真研讨之后，时常会补上一句：这几天不要找我，我要钻进图书馆充一充电。那时沈先生已经七十多岁了，有人说沈俞合作近三十年，那是一种缘分，其实这种缘分，正是建立在我们对沈先生的尊重之上的，而尊重又来源于沈先生的经验与再学习的努力。即使到了八十几岁，他也还在写作，还在参加活动，保持着生命的活力。

阅读会为你消除身心的焦虑，换言之，为你的生活带来快乐。人生"不如意事常八九"，况且衰老带来的痛苦更加不可回避。其实让自己欢乐的方式很多种，但结果却各不相同。我觉得，阅读是可以陪伴一个人终生的。有计划的阅读，有方向的阅读，有受益的阅读，可以让你得到无限的乐趣，可以让你的精神世界得到充实和自然的升华，也可以让你的日常生活产生某种节奏感。许多人喜欢看电视，那是被动的阅读；而看纸书，看电子书，还有听书，那是主动的阅读，它们带来的结果完全不同。对于阅读，我的通常做法是：以读纸书为主体，读电子书、网络为辅助，看电视为调节。

阅读会引导你走出孤独的恐惧。我们知道，孤独是老年生活的大敌。最近王强先生在北大做了一个讲演，题目是《读，为了独处》，他强调独处对于一个人的重要性。由此思考，一个人的生活方式，可以由被动的孤独走向主动的独处，两者的结果大不相同。被动的孤独是落寞、抑郁、被抛弃感和脱离社会主流，主动的独处是充实、自信、独立和拒绝社会主流的左右与裹挟。陈原先生会孤独么？我记得当年他曾经约定，一般不参加超过三个人的聚会。沈昌文先生会孤独么？我记得在他老年生活中，不断有年轻朋友找他见面、聊天。那时沈先生在三联韬奋书店咖啡厅存放着一瓶酒，一盒茶，无论认识或不认识的人，只要有朋友想见他，都可以到咖啡厅前台，打着沈先生的旗号享用。过一会儿沈先生一定会赶来，热情解答人生难题。

我的健康笔记

二〇一七年十月，我从海豚出版社退休。转眼之间，已经有整整两年的光景。记得离职后的一段时间里，我渐渐静下来，回到书桌前，开始重新规划自己的读写计划，重新布置日常的作息时间。不再为朝九晚五而失眠、疲惫，不再在工作之余伏案读书、撰写文章。此时在我的眼里，阳光与月光、星光，都显得那么温柔。尤其是我这个骨子里喜欢独处的人，似乎有了放飞身心的感觉。

但很快问题来了。

突然，某一天深夜，我在沉睡中一个翻身，顿觉天旋地转。我挣扎着扭开床头灯，却不敢睁开眼睛。怎么了？我病了么？

此时，夜，死一般的寂静。瞬间我有点恐惧，但很快镇静下来。怕什么？记忆中，我自成年以来从未真正病倒过，从未成为病患而过分打扰别人，大多数的时候，我是在帮助别人、帮助老幼。此时，我也不想打扰别人，静静地躺在那里，种种思绪不禁绵绵而来：又是颈椎出了问题吧？人类生命的时钟，真是以六十岁为一个节点么？每一个人都在各自的常识中生存，现在我观念中，需要添加哪些新的生活常识呢？

清晨，给沈公的女儿沈懿打电话，她是耳科医学专家。听到我的情况，她讲到颈椎的影响，讲到耳石症的症状，讲到各种可能的病因，提出治疗的建议。接着我又向一位医学博士询问，他劝我：过去你终年忙碌，身体一定有透支，现在退休了，有时间了，要在你的生活安

295

排中，加入关注身体健康一项，而且这一项应该放在首位；再者，还是做一个全面检查吧。他为我开了一个长长的体检目录：磁共振，看一下脑血管、颈椎；CT，看一下血管斑块、肝脏；眼科，看一下眼底；内分泌，看一下肢体的状态；血常规，看一下内脏的状态；透视，看一下呼吸系统的状态。

人体啊，更像一个不可清晰化的黑箱或灰箱，它的结构和状态至为细密，至为神奇，它更像是一片深不可测的海洋，可见的，不可见的，可知的，不可知的，难以穷究，难以尽现。西医的化验、检测，中医的望闻问切，说好听些，叫诊断，说句实话，叫猜测！那么，我也来猜测一下自己的身体状况吧！

退休后第一次体检，化验单出来，那么多箭头上指，我简直崩溃了。遥想青年时代，参加体检是一件再轻松不过的事情，甚至感觉这事有些多余。我三十几岁时，有一次参加单位体检，我对医生说心慌，医生就揪着我去做心脏散扫。那时这项技术刚刚出现，有些神圣，一位老先生也在做，他瞪了我一眼说："你这点岁数，就来做心脏散扫，这一辈子不是废了么？"旁边他老伴儿训斥："你说的什么话！"我心中暗笑："废了？哪那么容易，还不知何年何月呢！"

朋友说，没关系。其实病与非病并没有明显的分界线，尤其是慢性病、遗传病，他们一直都在那里伴你同行，隐或显，存在或不存在，跟你的基因有关，跟你的行为有关，跟你的情绪有关，跟你的身体有关，跟你的年龄有关。科学发展到今天，诸多因素都可以解决或控制，但只有年龄，不可改变。

我也觉得，身体出现问题，没有什么灵丹妙药，唯一的解决方案，只能是在我们的观念中，增加一些新的认知，改变一些固有的生活常识。退休两年，我又增添了一本记录生活的笔记，有想法，记下来，时而翻读，会有启发，也很有趣。列几段如下。

其一，进入老年生活，六十到七十岁，大多数人不会出现明显的老态，七十岁以后，才逐渐开始出现身体衰弱的情况。所以，老年生活的心理准备和生活调节，应该在七十岁之前完成。

其二，病不可怕，可怕的是不知病、不治病，更可怕的是没病找病、讳疾忌医，或生活粗糙，自欺欺人。常见朋友聚会，有人说他身体不行，有些"三高"；还有人说他没事，身体好。其实后者往往并没有监控自己的身体，如果继续胡来，好也会变得不好。

其三，常言降血糖，其实应该叫平衡血糖，因为血糖高不好，低更不好。对治疗中的患者而言，发生一次低血糖，前功尽弃。

其三，所有人都处于带病生存的状态，或曰人皆病人。总有人会说："我没病，我非常健康！"这是一个错误的观念，是否有病，不是感觉说了算，不是眼下的状态说了算，所谓"病来如山倒"，都是不承认带病生存的结果。

其四，为自己建立全新的食谱，对的保留，错的删除，好的添加。好的习惯如我的父亲，他一生坚持"七分饱"，大寿满百。对此我一生不肯学习，暴饮暴食，现在应该向他老人家低头了。

其五，不能拒绝吃药，要定期看门诊，专项检查。更重要的是，你的朋友中必须有医学专家，他能跟你说真话，能真正关心你。

其六，保健药不可缺，但绝不能代替处方药，这是铁律。处方药必须有专家医嘱，保健药必须有深入研究，不可偏听偏信，也不必什么都不信。中医西医，为我所用，二者各有所长，不可偏废。

其七，锻炼方式有很多，最简单、最重要的方式不是跑起来或跳起来，而是走起来，每天五千步以上。当你走不动的时候，也就是你病倒或老去的时候。

其八，年龄渐长，一定要学会静下来。少参加刺激性的活动，避免情绪波动过大。太多的老年人在这方面吃亏。早年华罗庚先生倒在演讲台上，让我一生记忆。

其九，防止抑郁，抑郁是人类生活的头号大敌，是人类精神崩溃的第一杀手。抑郁随处可见，但可以逆转，也可以自我调节，比如外出旅游，比如早晨坐在阳光下饮茶读书。

其十，人常言"久病成医"，我记得早年看病困难，父亲整天捧着一本医书，只要家人有哪里不舒服，他就立即开始在医书上查找解决办法，对我影响至深。中国传统文人"不为良相，即为良医"的观念，最让我膜拜，虽不能至，心向往之。

其十一，老年是产生生命奇迹的阶段，父亲七十几岁患白内障，未做手术；到八十几岁没有发展，还保持了视力。岳父八十几岁，竟然长出黑发。我呢？四十几岁开始，到六十岁时，眼睛已经花得一塌糊涂。但这两年，逐渐不花了，怪哉！

其十二，我们处在一个开放的时代，要接受新药的进入。欧美、日韩、印度等，都有许多好的药品，尤其是他们的草药，可以改变我们的观念和身体。应该想到，每一个能够生生不息的族群，他们的药品一定有自己的独到之处。

其十三，有些族类的生命哲学有缺陷，一味想着长生不老，一味想着占据有限的人类世界。这样的观念是自欺欺人，明知不可为而为之，还要睁着眼睛说瞎话。凡此种种，天理大同。反不如有些族群的哲学，知老而不畏老，把老去当作一次旅行的结束，当作一种解脱，当作一种久居某地后的迁徙与退让，一种涓涓溪流必归大海的顺化与皈依。比如罗素哲学，就是这样说的。

以上十三条，啰里啰唆，此刻一定有人在问，你怎么就眼睛不花、视力恢复了？你怎么就身体好转了？那"印度药"是怎么回事呢？是啊，上面提到我退休后体检的化验单上一排"箭头上指"，我上火了，家人也上火了。有朋友推荐"印度草药"有多种疗效，我读不出药的名字，就戏称其为"印度神药"。我吃了三个月，月月连续复查，最终血糖、血脂、转氨酶等等指标，一切归于正常。医生看着我的化验结果说："你是不是拿错化验单了？"如今我的眼睛也不花了，是什么原因呢？是印度草药还是其他药物的作用？抑或是生活方式的改变？我真的说不清楚。但自我感觉，走路与节制生活很重要。

好东西要与大家分享，我把这些故事说给好朋友们听，他们有研究的，有借鉴的，有哄笑的，有随听随过的。用过的朋友，有的大呼"神啊，真有效果"，有的叹息"我用过之后，感觉不大明显"。

以上只是我个人的经历与经验，效果因人而异，只供有兴趣者参考，无兴趣者略过。

《书香故人来》后记

二〇一六年十一月，我应邀在《辽宁日报》开设专栏"书香故人来"。当时约定：每两周一篇文章，篇幅在三千字左右。内容没有严格限定，只是结合我的读书生活立意。不过我设定专栏题目，还是有两点涵义包括在其中的。

一是"书香"。如今这个词语随处可见，但在二十世纪九十年代初还不大流行。那时我刚刚主持辽宁教育出版社工作，有一次在《光明日报》上刊登图书广告，总编室约我写一段广告语。我写道："辽宁教育出版社敬告旧雨新知：我们的理念是，为建立一个书香门第的社会而奠基！"此广告登出后，还是引来一点反响的。

有识者对我说，书香的倡导很好，能否再改一下："为建立一个书香社会而奠基。"如此一来，既简洁又上口。我接受了他的建议，从此这句口号成为辽宁教育出版社的标识；再加上"脉望"，即书虫的图标，两者构成了我一生从事出版工作的理想追求。所以在我心目中，"书香"一词，有着更为丰富的人文意义。

二是"故人"。说来话长，我父亲是江苏江都人，早年来到东北工作，一直不忘乡情，不忘故土。我们受父亲影响，也经常以"南方人"自诩。其实我的母亲是道地的东北人，我们家是一个典型的"南北结合"家庭，这在我们的身上留下了深深的印记。我出生在辽宁丹东，后来随家到沈阳，一直到五十三岁，我从未离开过辽宁。在这一层意义上，称我为"东北人"更为真实、准确。

二〇〇九年我离开沈阳到北京工作，此时

我已过天命之年。如今客居京华之地，一晃近十年过去，定睛看我，依然符合那个诗句"乡音无改鬓毛衰"。现在我在故乡的报纸上开专栏、写文章，自称"故人"，应该是很恰当的。

所谓故人，还有一层含义，那就是对养育我的那一方乡土的感念。我在那里成长、读书、安家、立业，父母兄姊、妻儿老小的恩爱与亲情，还有师友同仁的绵长情谊，哪一样能忘却呢？

如今长辈已在那里长眠，墓茔封土，思念日深。每年我千里奔波，哀戚于父母墓碑前，见到年复一年，青柳渐渐长高，花草亦荣亦枯，此时我沐浴长空朗朗明月，面拂塞外徐徐清风，游子之心，至为宁静。我爱那一方净土，我爱我的亲人和朋友，那里有我无限的思念和近乎半生的喜怒哀乐。

说来我离开家乡，在外游历不及十年。总

体而言，我在异乡工作、奋斗，其实一直是在
"消费"家乡赋予我的能力和精神财富。从学
识、积累、经验、人脉、资源到资历，每一点
都沾满家乡的气息。归结我从事出版的三十五
年，在沈阳就有二十七年；我在京主持海豚出
版社，出版近四千种图书，许多资源都来自多
年的积累。我自身学识有限，在京工作之余，
有十本著作面世。如今回望，从知识到内容，
许多是早年打下的基础。所以说在精神层面上，
与其自称"故人"，不如说那段故土之深情，与
我从未隔开。

　　东北一方水土，地阔土沃，民风包容杂糅，
人文与自然互渗，近现代渐成固有的民俗个性。
从思维模式、处事方法到言行表达，许多元素
融入我的血液。比如此刻回忆故旧往事，我的
情绪自然掉入家乡那句老话的状态："老乡见老
乡，两眼泪汪汪。"

三十篇文章写就，将入戊戌年。我停下手中的笔，做一个小结，借以向家乡致敬，向故人致敬！

　　结集之际，感谢沈昌文先生，八十八岁高龄为我写序，文字已是珍宝。感谢丁宗皓先生，长期对我鼓励与支持。还有高惠斌、霍利、朱立利、周青丰、刘裕诸君的帮助，余不一一。

《历代精美短文选》序

　　屈指算来，今年伍杰先生已经九十岁了。刚刚拿到他老人家主编的《历代精美短文选》书稿，我的心头不禁一震。三十几年的职业生涯，过往的事情如一部冗长的电影，一帧帧图像在我眼前飞速闪过，最终定格在这位老前辈、老领导、老朋友的面前。一桩桩，一件件，还是那样历历在目，鲜活亲切。

　　我与伍杰先生最早接触，是在一九八九年。那时我在辽宁教育出版社工作，宋镇铃先生带领我们编辑出版《中国出版社概述》，请来伍杰先生做主编，撰写序言。那时伍先生极忙，但还会挤出时间与我们聊天，讨论书稿。我的初始印象：伍先生不像是一个官儿，更像是早年我当工人时，手把手教我技术的一位老师傅；他谈话清楚、幽默、机智、平和，年轻人都喜欢与他接近，与他交朋友。

后来我与伍先生几次接触，确实有了老朋友的感觉：时而，他会在清早打来电话，一番寒暄之后，他会赞扬我们出版的"书趣文丛"，还会说到其中思果《偷闲要紧》一书，希望我能帮他找一本。出版人王大路先生英年早逝，他也曾与宋木文先生来到辽宁参加追思会。临别前，伍先生握着我的手说："晓群努力，未来的文化事业，还需要你们这一代人的接续。"那时我四十几岁，伍先生的那句话，一直让我记忆。

改革开放四十年，那一代出版界的领导人，为解放思想，开创出版局面，表现出卓越的才华与智慧。他们不同于那些面目模糊的官僚，个个都是有个性、有思想、有激情的人。比如伍杰先生，且不说他在日常出版改革工作中的政绩，单在开创新思路，深入文化建设方面，就有着更深一层的思考。他主持图书评论学会，创编《中国图书评论》杂志，参与领导大学编辑学科建设，参与领导一些重大文化项目的出版工程等等，处处可见开创性的举措与实践，处处可见他对促进文化发展的期望与努力。

敬佩之处，还在于伍先生不但勤于政务，而且不断拓展自己的文化活动。工作之余，他写优美的散文，写严谨的理论文章，写卓有见地的图书评论，还有一部部个人著作面世，一直受到业内外的赞誉。尤其是他不辞辛苦，在报刊上发表系列的专栏文章，讲关于书的知识，讲古今中外书与人的故事。他读书多，目光敏锐，善于思考。他的思想开放而充实，文字清楚而准确，谈问题深入而扎实，经常给我们深刻的启迪。比如伍先生对古代编辑的研究，在广义的概念下，阐释古代编辑的知识结构，丝丝入扣，异响旁出，很有见地。他进而推论出专业编辑的知识结构：在书目，在注释，在选编，在点校，还在自身的研究与创作。凡此种种观点，都曾对我产生至深的影响。

现在我见到的这部《历代精美短文选》书稿，正是伍先生站在编辑工作的角度，对于古文精品的思考、欣赏、筛选和推荐，字里行间，细微之处，都体现着他坦荡的胸怀与品德。古人云"幸甚至哉，歌以咏志"，伍先生不但是一位时代潮流的实践者，还是一位人生路上且行且吟的咏唱者。当他老人家年至耄耋之际，我们依然能够有幸见到这样一部文选作品的面世，能够从中听到他老人家优美的吟唱，怎会不感到心潮涌动、热泪盈眶呢？

从古至今，文人编辑文选，都不是一件轻

松的事情。通常的状况是选的多，留存的少，千古绝唱更少。才识不同，情操不同，志向不同，心胸不同，选出的文本自然不同。伍先生主编的这个选本，其说在言志，其意在美文，其形在短小。这让我自然想起另一位前辈钟叔河先生，他曾有类同的著作《学其短》，或曰《念楼学短》面世。拿伍、钟二位先生的文选比较，两者各抒胸臆，异曲同工。钟先生书中强调，文章写好不容易，写得既好且短更不容易。钟先生那部小书一版再版，已经成为后学必备的经典。选文能达到这样的境界，足见选家的功力。我相信伍先生的这一部小书，一定会为读者带来新鲜的阅读感受，成为一部新的经典文选。

《五行志随笔》序

我对二十五史《五行志》及《灵征志》《灾异志》产生兴趣，始于二〇〇〇年初。当时我刚刚出版一本小书《数与数术札记》（中华书局），上卷是我阅读《十三经》时，以其中的数字为关键词，记下的读书笔记，下卷是关于数与数术的专题文章。成稿后，我请王充闾先生作序。我记得，最初王先生对我的学术功底不太了解，他还问我说："你知道《易经》与《易传》的区别吗？"读过我的书稿之后，王先生大为感慨，写下一篇长序《古木无人径，深山何处钟》，交到我手上时，他还将全文一字一句读给我听。然后一面感叹："晓群啊，你有这么好的基础，为什么不做学者，却要去做编辑呢？"一面又对我说："你的研究方向很有意思，但只读经书不够，还应该读一读史书，那里的内容更为丰富。"

王充闾先生的提醒，引起我对读史的兴趣。但从何处入手呢？这让我想到二十五史中，与科技史研究关系密切的志书，如《天文志》《律历志》《五行志》等。还有我在阅读中村璋八、安居香山《纬书集成》时，见到此书中文版前言中，说到中国古代皇家占卜，以谶纬为例说，主要有三种占法在发挥着作用，一是天文占，二是五行占，三是史事谶。在某种意义上，不弄懂弄通这些内容而要想深入研究中国历史，只能是雾里看花，水中捞月。为什么？因为在浩瀚的古史典籍中，相关的内容几乎无处不在。

正是在这样的背景下，我以《五行志》为标的，开始了自己漫长的读史历程，时至今日，已经有二十多年的光景。至于"漫长"的原因，大约有三个。一是内容太多。在二十五部所谓正史中，共有十五部史书设有《五行志》，或有类同的《灵征志》《灾异志》。就内容而言，它们又涵盖了整个二十五史。如《汉书·五行志》的内容，就没有局限于汉代，而是上溯到春秋时期；《晋书·五行志》《宋书·五行志》的内容，涵盖了三国、两晋、刘宋时代；《隋书·五行志》的内容，涵盖了梁、陈、北齐、北周、隋代等等。所以就时间与内容而言，《五行志》的历史记载是连续的，全覆盖的。二是工作太忙。我的本职工作是出版，在辽宁工作时，时间还略为充裕些。二〇〇九年我来到北京工作，一直压力很大，尤其是自己的写作，重点放在撰写与业务相关的大量随笔上，十余年间，有十多本相关著作陆续面世，因此也会影响到自己的《五行志》研究。三是难度太大。实言之，在研究《五行志》之初，我低估了这个项目的工作量，本以为会像此前研究《十三经》那样，做一做笔记，查找一下前人的注释与解说，再附上自己的笔记就可以了。实则史书研究与经书研究大不相同，史书的文字量巨大，内容也比经书丰富、庞杂得多。还有，就《五行志》研究的背景而言，由于自古以来，历代史学家对这一门类的内容评价不高，称其牵强附会，众说不一。再有近现代以来，受极端科学主义的影响，《五行志》一类学说，更是被归于历史糟粕，专门性的研究很少，因此可以参照的资料也很少。另外就内容而言，虽然班固《汉书·五行志》建立了一整套比较完善的《五行志》体系，但经过漫长的历史过程，历代史官们在继承班固《汉书·五行志》基本框架的同时，还会根据自己的认知，不断改变《五行志》的记叙方式，甚至改变班固建立《五行志》的许多初衷，比如将关于祥瑞的内容，以及一些单纯的自然现象等，也简单地归入其中。这也为我的"纵向式古史研究"增添了许多难度与工作量。

正是在这样的背景下，我的研究工作一波三折，在不断推进、不断修正的过程中，边学边做，踽踽前行。简单回顾，我围绕《五行志》的写作，大约建立了三个主题：一是二十五史《五行志》及《灵征志》《灾异志》的架构与占例的归类与整理。实际上我是在建立一个《五行志》纵向研究的数据库，它们是我整个《五行志》研究工作的基础。在这项资料整理的过程中，我还得到许多新的认识，这对后来的专题探讨产生了巨大的影响。当然这个数据库是否出版，还是后话。二是在《五行志》研究的过程中，我以"五行占"为题目，开始撰写专栏文章，陆续在海内外报刊上发表。到目前为止，已经发表了百余篇文章。这项工作不但深化了我对《五行志》的认识，而且真实地展现了这一史学门类的政治与文化走向。三是长期以来，我一直计划在研读《五行志》的基础上，最终推出一部以考据为主的著作，梳理清楚《五行志》的历史脉络与流变，以及历代正史中的一些问题。这项工作的难度不仅体现在阅读数量上，还在叙述的体例与方式上，比如究竟如何划分章目，才能将几千年历代史官连续不断的记述，比较清晰明白地表达出来呢？为此我曾几易其稿，每次都不是修改，而是颠覆性地推倒重来。现在《五行志丛考》草稿已经完成，大约有近百万字，题目有源流考、序文考、章目考、例目考、史家考、占家考、典籍考、史评考、舛误考、异议考、祥瑞考、天象考、年号考、字词考、皇帝考、后妃考、篡逆考、皇子考、人名考等等。这部著作，我能够在六十几岁的时候完成草稿，自己对此颇感欣慰。多年来我为此殚精竭虑，废寝忘食，总算有了一个比较满意的结果。但我没有急于出版，因为还有大量的核对工作需要完成。

正是在这个当口，商务印书馆上海分馆的编辑找到我，询问是否能拿出一部学术随笔，收入他们的"光启文库"。几经思考，我决定整理出这部《五行志随笔》。首先是有上述那么多年的学术积累，从中产生这样一部小书，应该是得心应手。其次是近年以来，我正在"澎湃"上海书评上，撰写我的《五行志》新专栏，已经发表的长篇随笔有《正史中的鬼》《谁是最坏的皇帝》《正史中的妖》《储君们》等。有了这样的基础，我才乐于接下这个任务，这也是我关于《五行志》研究的第一部著作。

最后说明一下本书的结构。我将全书分为上下两篇，上篇为《五行志》研究的一些基本概念，偏重于对《五行志》的章目与例目的阐释。其中也会涉及一些拓展的概念，比如"鬼"。《五行志》的章节分类中，原本是没有这一项的，但在历代《五行志》中，并非没有鬼的出现，为此本书设有专章解说。下篇为《五行志》的专题研究，偏重于对人物的阐释，如帝王、后妃、皇子、大臣、占家等，也有典籍、年号、天象等内容。再加上《符瑞志》的专题说明，使读者对《五行志》的本质，能有一个更为全面的认识。

既然是随笔集，我的文章构建自然不会面面俱到，而是面对历史的高山大川，采取择重观赏的基本原则。如果我们能将这样一些浓缩后的专题文字梳理清楚，再面对那样一个悠远、庞大而复杂的史学体系，那么对《五行志》的"庐山真面目"，也大致可以了然于胸了。

《五行志随笔》后记

二〇〇六年，我在《文史知识》上，发表了第一篇关于《五行志》的文章《二十四史五行志丛谈》。此后我在海内外报刊上，不断开设专栏，陆续撰写《五行志》的相关文章，不下一百篇。但这部《五行志随笔》，却是我二十余年来，关于《五行志》研究的第一部著作。

常言说，写作，最崇尚厚积薄发。我的这一次《五行志》之旅，很有些名副其实。我是从几百万字的读书笔记、札记、丛考中，择取出二十几万字的专题文章，做起来胸有成竹，很快就完成了。但想到这么多年的辛劳，从不惑之年到年逾花甲，从耳聪目明到老眼昏花，夜灯昏暗，冷雨敲窗，那样的情境很苦么？其实在我的内心中，满满都是快乐与欣慰。这样的读书生活，增进了我对于新旧知识的掌握，丰富了我对于历史进程的深刻了解，改变了我对于现实生活的种种认识，唤醒了我对于未来世界的无限期待。不过此时，当我回首写作的经历时，这样一些感受，似乎都如过眼云烟，显得不那么重要了。更大的快乐，却是我对读书过程的享受。疲倦的时候，懈怠的时候，失意的时候，苦闷的时候，躁动的时候，读书是一剂良药，它可以平复你脆弱的心灵，安抚你负面的情绪。读书又是一个自我重塑的过程，与故我告别，与新我融合，完成自我的否定之否定，最终使自己越出固化的生活窠臼，步入新的精神境界。那种快慰的感觉流动于胸中，让我始终对未来的生活充满热爱、充满激情。

其实很多年来，关于《五行志》的研究，

我一直说要出书了。甚至在二〇一六年，我准备出版《五行占》，在我的请求下，江晓原先生的序言都写好了。最终我还是将那部书稿推倒重来，更名为《五行志丛考》，至今也没有拿出来。为了这一部随笔集，江晓原先生再一次接受我的请求，为本书写下新的序言。还有周山先生，我与他结识很早，他是一位通才，也是《周易》研究专家。早年他推荐我读的《周易》《古史辨》等，对我一生的学术研究影响至深。这本随笔集完成之际，周山先生已经年届七十，他欣然答应赐序，让我备感欣慰。

如今能够出版这部随笔集，还要感谢贺圣遂先生、鲍静静女士，他们的鼓励，让我有机会在自己巨大的资料库中，择取一杯甘醇的文化美酒，与有兴趣的读者分享。

《两半斋随笔》后记

　　二〇一九年初，我整理出一组点评人与书的文章，其中包括张元济、邹韬奋、丰子恺、叶君健、陈翰伯、陈原、李学勤、许渊冲、黄永玉、沈昌文、谢其章、张冠生、江晓原、王强、冷冰川、周立民、姚峥华，它们源自我发表在报章、网络上的随笔，还有几篇序言。完成之后想到两点说明。

　　一是题目，它来自三十多年中，我身处出版界阅读生活的状态。那时我工作时看书，回家还是看书，存书也是办公室一半，家里一半，时常要在两地提来提去，常用的工具书、经典著作等还会备上两套，各处一地。比如在辽宁出版集团工作时，我的家中和办公室中各有一套"二十五史"，据说我办公室的那套是当时出版大厦中仅有的一套，有些编辑知道此事，应急时会跑来查找资料。所以几次写文章我都开玩笑说，我的书斋名字叫作"两半斋"，家中一半，单位一半。到北京工作后，"两半"的状况依旧。直到二〇一七年十月初退休回家，我才打算将它们合为一体，由此结束两半斋的称号。为此我想了很多新的书斋名字，诸如闲闲书屋、深阅浅览斋等，试图将两半斋换下来。但真要更换的时候，我的内心竟然燃起一股浓浓的依恋之情，始终挥之不去。毕竟为了一个体制、一个事业，将自己那么长的一段生命时光与之紧密结合，形成那样一种生活状态，哪能随便挥之而去呢？正是在这样的情绪中，我为这本小书命名，最终还是确定用"两半斋随笔"，是留念？是纪念？还是什么呢？

恰逢此时，我的退休生活也在发生变化。最初的想法是让自己远离社会活动，遁入书斋，休养生息。没想到时过不久，我的兴趣又与一只"草鹭"勾连起来。那是我与好友王强、陆灏、朱立利等创立的一个工作室，题曰草鹭文化，旨在与一些志趣相同的人联手，做一些清心自在的事情。也是友情使然、爱好使然，我刚刚平静的心湖，又被那只美丽的"草鹭"撩起涟漪。如今"草鹭"已经翩然起飞，我所喜爱的一本本好书、一些些精美的创意产品不断面世。尤其是新体制、新结构、新创意、新团队的组成，再次唤醒我对创业的热情。如此一来，恐怕那个"两半"的读书生活也要延续下去了，只是"彼一时，此一时"，新的工作状态，可能会与过去大不相同。究竟会有哪些不同呢？说实话，我自己也需要在实践中领会，这也是我依然用"两半斋"作为本书题目的另一个心理依据。

二是沈昌文先生的序言。回顾恁些年，从二〇〇三年我的小书《人书情未了》开始，沈公的序言就成为我著作的标配。不管我写的东西是否好看，不管沈公是否感兴趣，只要我极力恳求，他总会答应下来。转眼十多年过去，到这本书为止，他竟然已经为我写过十三篇序言。此时我不禁感叹：何谓师父？有沈公这样的关照，它的本义已经不言自明了。尤其是写到这一篇序言时，沈公已经由七十几岁至九十高龄，文章由长渐渐变短，文字由涌动渐渐平缓，但文中的思想愈发深刻，情感愈发浓烈！我知道，沈公的序中多为溢美之词，我实在受之有愧；我也知道，他是在鼓励我努力工作，接续和实现老一代出版人的理想。想到这里，我愈发感到惭愧。

　　感念沈公如此厚爱，在此书出版之时，我会将沈公撰写的十三篇序言汇聚起来，制作成一个纪念册，题曰《沈公序我》，自费装订成书，赠送给诸位好友。

最后，再次感谢沈公赐序，感谢王志毅、周红聪、朱立利、刘裕、杨庆等好友的支持和帮助。

附《沈公序我》编者的话

自二〇〇三年至二〇一九年，我共计出版十余本小书。如今回望，常常自惭形秽，羞于正视。但有沈公昌文先生十三篇序言，恰似十三颗珍珠，嵌于拙著之上，让我一生珍视。

回想二十几年前，我强拉硬拽，磕头作揖，拜沈公为师。他老人家有酒有菜，半推半就，好歹算答应下来。从此做事、写文章，不管沈公心情如何，愿不愿意听，看不看得上眼，我都坚持向他早请示、晚汇报。每次奉上我的新编书稿，沈公高兴时会说：好看，小子未来可期！我赶紧回应说：那就请您老人家写个序吧，锦上添花！沈公觉得不太入目时会说：你写得太深奥，我看不懂啊！我赶紧回应说：那就请您老人家写个序吧，指点迷津！就这样软硬兼施，半推半就，半生半世，如云飘过。

如今沈公老而弥坚，我却早生华发。恰逢他老人家米寿之际，我突生感念，于是从我的文字米仓中，将沈公一篇篇珍珠般的序言，毕恭毕敬地翻检出来，汇集成册，作为赠品奉献给读者。此举有三层涵义：一在为沈公祝寿，二在纪念师徒之情，三在与同道共勉。寥寥数语，略记于此。

《书后的故事》后记

二〇一二年二月，我应张清兄之邀，开始为《深圳商报》撰写专栏文章。一直写到二〇一八年九月止，大约有七年时间，每周一篇千字文，几乎从未间断过。在这段时间里，我每两年开列一个专栏题目，写满一百篇文章后，以专栏题目为书稿的题目，结集出版一本小书，同时更换一个专栏题目，再继续写下去。此前已经出版的著作有《可爱的文化人》《我读故我在》。写到二〇一六年，我已经年满六十岁，故而心有所感，更换专栏题目为"六十杂忆"。没想到写至第三十八篇文章时，这个专栏题目因故停了下来，又更换另一个专栏题目为

"书后的故事"，继续写下去，此后一共又写了五十四篇文章。至此我在《深圳商报》的专栏写作终止。回想自己能在一家报纸上，经历如此长久的写作生活，实在值得一生记忆：记忆那些热情的读者，记忆那些熟悉而负责任的编辑、记者，如陈溶冰等，记忆我每周坐在电脑前笔耕不辍，背负一点压力，但辛劳之中充满快乐的日子。

二〇二〇年初，我将两个专栏题目的九十二篇文章集合在一起，构成一本小书，取其中一个题目"书后的故事"为书题。按照惯例，我将书稿发给沈昌文先生。多年以来，我的著作都是请他老人家赐序，收集起来，共有十三篇之多。为此我还曾自编一本小册子《沈公序我》，以示感念。此次再请沈公作序，如果完成，那就是第十四篇了。当时正值新冠疫情暴发，沈公年近九十，不敢再出来游逛，我们大约有八个多月见不到面。直到八、九月份，疫情缓解，才有了小聚机会。见面时我们拥抱在一起，老人家伏在我耳边说："（《书后的故事》）那篇序快写好了，过几天发给你。"此后一段时间里，沈公的身体状态一直不大好。没想到几个月后，即二○二一年一月十日，老人家溘然长逝。今年六月，沈公的女儿沈双从美国回来，我们一起策划出版《沈昌文集》，我提到请沈双在整理沈公的资料时，看一看电脑中是否有那篇"序文"。沈双翻遍沈公的文件，找到了我发去的书稿及邮件，却没有找到沈公拟写序言的文字。

现在这本小书就要付印了，值得欣慰的是，毛尖为我写了一篇极好的序言，阅后让我深为感动。能够得到她那支当代最优秀、最智慧、最犀利、最深刻的笔，为我真切地刻画一下灵魂镜像，此时内心的感受，当然是十分快慰了。

此时还要感谢余佐赞、刘裕、朱立利、董熙良、蔡君音、王瑞松等诸位的支持与帮助。

《阅读的常识》后记

　　这部书稿中的文章，全部来源于二〇一八年七月至二〇二二年初，我为《辽宁日报》阅读版撰写的专栏"常识辞典"。其实此前几年间，我曾经为该报撰写过另一个栏目"书香故人来"，最终以此为题目出版了一本小书。结束那个专栏之后，我搁笔了一段时间。一次与丁宗皓先生聊天，他对我说："如果有兴趣，再写一组普及阅读常识的文章吧。"我想了一下回答："好啊，专栏叫什么题目呢？"宗皓兄说："不妨就叫'常识词典'如何？"

　　实言之，我一直喜欢写专栏，尤其是在《辽宁日报》上写专栏，它既是我故乡的报纸，其中又有许多谈得来的同道。但说到以"常识"为主题写文章，我还是有些顾虑。一是在人们通常的印象中，以往敢于谈常识的人，不是大家、名家，就是偶像、网红之流，时而会有说教、赶时髦的嫌疑。二是我写文章，历来秉承"知之为知之，不知为不知"的古训，喜欢写自己熟悉的事情，诸如身边的所见所闻、小事琐事，回避那些大而无当、堂而皇之的话题。但此番宗皓兄授命，其意当然不在追风，而是希望我能够迎风而上，冷静地阐释一下"常识"的深义。这让我的心底涌出某种责任感，颔首点赞之余，只有承诺尝试着写写看。

就这样每月一篇，每篇三千字，一写就是三年多。最初我着力思考一些基本概念，诸如阅读与独处、经典与再造、传统与传承、好书与坏书、书单与书目等等。如此写了一年多的时光，我有些倦了，同时觉得如此注说名词，写起来过于刻板，过于整齐划一，失去了专栏写作的灵活性与自主性。于是我笔锋一转，开始讲述中国历代人物的阅读故事，讲述他们的著作、方法与观点。由汉代的刘德、刘安、刘向、刘歆，一直写到当代的吕叔湘、季羡林、张中行、沈昌文、钟叔河，陆陆续续有二十几个人物。可能有人会问：自古读书大家不可胜数，你何以选择这些人物呢？原因有两点：一是知道，再一是喜爱。"知道"是说我此前读过他们的书，了解过他们的身世与学识，这使我有了写作基础，不会成为急就章。"喜爱"则是个人的偏好了，史上有才学者多如繁星，他们个性不同，观点不同，经历不同，史评不同，我研究问题时向来主张独立思考，此时选择写他们，有随机的因素，更是遵从自己的喜好与知识积累了。还有我每写一个人物，从准备到完成，大约需要二十天的时间，主要的精力都花费在详读他们的传记、评传、年谱、全集、文选上，将其中与阅读相关的事情抽取出来，串联起来，落笔时只是穿针引线，水到渠成。然而这一番针对过往人物的专题思考，竟然引来我接连不断的叹息：我感叹自己，为什么到了花甲之年才开始静下心来，深究他们的故事呢？说是不晚，还是太晚了。如果我早些年多了解这些优秀人物的故事与思想，它们一定会为自己人生的道路提供更多的指导与借鉴。

专栏写到二〇二二年春节，我查点一下，已经有三十九篇文章发表，大约有十几万字。心想差不多了，到此为止吧。于是我对《辽宁日报》的编辑说："新年新思路，这个题目不再写下去。"

接下来准备将这些文字结集出版，我开始做三件事情。首先是编排目录，我最初分为上、下两篇，上篇为阅读常识，下篇为阅读故事。

其次是起一个书名，前面已经提到我对"常识"一词的顾虑，同时更不敢将自己拉杂的文字妄称为"词典"，几经思考，最终想到一个平淡的名字《三年读书记》。但出版社总编辑拿到我的书稿后，很快建议我说："换一个题目吧，就叫'阅读的常识'好了。"接着她将目录也做了重新编排。这个建议很好，既直白又平和，既兼顾了《辽宁日报》专栏的名目，又契合我当下的心情。

最后我还要请来高明的人物，为全稿加一个序言。此事说来难忘，我在过去的几十年中，大约写了十三本小书，它们都是由沈昌文先生赐序。直到二〇二〇年，我的小书《书后的故事》完稿，我又请沈公赐序，他欣然答应，不料序未收到，老人家却在翌年初撒手人寰，飘然界外了。从此我请沈公写序的故事戛然而止，再有著作出版，我也只有另请他人了。那么这一本书请谁来作序呢？

　　此时我想到两位合适的人物，一位是钟叔河先生，他是我最敬重的当代出版家之一。但老人家年事已高，早已宣称不再为别人的著作写序了。二〇一四年，我为他出版一本小书《人之患——为别人作的序》，其中引孟子曰："人之患，在好为人师。"接着又引顾炎武曰："人之患，在好为人序。"钟先生最终叹道："此书取名'人之患'，是要警惕自己不要再为'患'了。"我自然也不能例外，但请先生题字还是可以的吧。又想到此时钟先生重病初愈，尚在恢复之中，如此叨扰，很有些不忍。最终没忍住，还是给钟先生写了一封信，附上文稿中专写钟先生的那一篇文章《钟叔河学其短》，请长沙王平兄代为奉上。没想到钟先生坐在病榻之上，几番认真批改我的文稿，又将改过的清样邮寄给我。老人家还极认真地为我写了一篇题词，大大小小有二百多个字，还钤有四方印章。其中写道："我与俞君私交极浅，好印象实始于其时对沈昌文兄的推重，合作多年，始终如一，沈死后仍如一也。近阅毛尖文，乃知'陆灏直接骂他昏君，他后来也仍是笑嘻嘻的'。不记仇不抱怨，此则更为难得矣。"读着读着，我的泪水又从脸上静静地滑落下来，此时也顾不得毛尖在《书后的故事》序言中，调侃我"好哭又不掩饰"的毛病了。

还有一位合适作序的人物是胡洪侠先生，此君出身燕赵之地，如今在深圳生活，职业报人，名满全国读书界，是倡导书香社会的先锋人物。坚持多年的深圳读书月、深港书评、十大好书评选等，都是他的创意与手笔。我们是好朋友，我敬佩他的才学，欣赏他文笔敏锐、犀利、老道、快速，更敬佩他敢于戒酒，并且还真的戒掉了。如今洪侠兄年龄逼近六十，鬓发全白，文字融于思想，锐气隐于沟壑，健笔藏于嬉笑怒骂之间，写出的文章愈发让人喜爱。我求他作序，他欣然答应，洋洋洒洒，落笔三千言，题曰《液态的阅读》，点明我内心所指，让我备感欣慰。

最后还要感谢《辽宁日报》的丁宗皓、霍利，感谢艾明秋、朱立利诸君的帮助。

后记

　　自五年前离开海豚出版社，我除了参与草鹭文化公司的组建工作，其余的时间大都用于整理我的书房——两半斋，在那里翻阅存书，撰写文章。二〇二一年出版小书《两半斋随笔》，收入我撰写的二十几篇人物散记，也是我第一次明确了书房的名字。现在完成《两半斋续笔》，主要收入近三年中，我的读书与生活札记。

　　"近三年"指的是二〇二〇年至二〇二二年，这段时光的主题词是瘟疫，或称"新冠疫情"。到目前为止，病毒的肆虐让人类无所适从，未来会如何发展还说不清楚。身处这样的时代，人们的生活发生了很大的变化，许多时候无法出行，长时间闷在家中，或在大大小小的网络圈子里活动。我们需要适应疫情带来的不便，需要克服抑郁等不良情绪的滋生，需要抵抗病毒的侵袭，需要坚守自己的工作岗位，需要有效地实现自我调节。怎么调节呢？每个人的做法不同，我采取两种方式。首先是身体调节，最好的方法是散步，我的手机记载，我在三年中累计走了数千公里。它不但成为我调节身体状态的方式，还成为一种信念的支撑，每当我感到身心不适的时候，就会说："走走步去，一定会好起来。"其次是精神调节，且不说疫情的影响，随着自己年龄渐长，交流渐少，心劲儿渐弱，如今流行"社恐"一词，那倒还没有，只是懒于应酬的情绪不断滋生。有效解决的办法有两个，一是指导一些有志于出版与创新的年轻人做事，内心会产生莫大的安慰；再一是读书与写作。庆幸我长期以来的自我历练，谈不上成为文字高手，但能够自如地运用手中的笔，清楚地表达自己的思想，已经是一件很愉悦的事情了。这样的习惯养成，可以帮助我打开心扉，充实生活，在更多的维度上实现精神世界的开放与自由。

过去的三年中，有什么难忘的事情呢？眼下我想到三件。一是二〇二一年一月十日，沈昌文先生去世。近三十年来，我一直把沈公奉为师父，言听计从，亦步亦趋。他老人家的离去，让我感伤的情绪久久难以平复。阴阳相隔，说是一步之遥，却是咫尺天涯。二是我的几本小书陆续面世，成为我精神世界的寄托。最难写的著作是《五行志随笔》，它的基础是我在三年疫情中完成的另一部书稿《五行志丛考》。还有一本书稿《前身——鲍家与商务印书馆》也已经完成，题目还可以称为《传教士与中国出版》，其中许多感人的史实，让我们无法忘却。说句实话，没有封控为我赢得时间，没有那些年保持充沛的体力，可能就不会有写作的斗志与成果。三是做活一个艺术公司——草鹭文化。如今创业公司举步维艰，尸横遍野，草鹭能够逆风飞扬，能够找到正确的发展方向与道路，能够坚持克服困难存活下来，真是太难也太难得了。

回忆三年前出版《两半斋随笔》时，还是沈公亲笔写的序言。如今《两半斋续笔》完成，追思前辈，承继精神，我请王强先生为小书作序。他才情熠熠，落笔籁籁，思想深邃，文字优美，读来让我备感振奋，让我不敢松弛筋骨，闭目养神，还要振作起来，还要在暗夜中继续奔跑，像沈昌文先生那样，像钟叔河先生那样，不息于生命之火，持炬前行。

感谢刘裕、董熙良诸君的帮助。

撰于癸卯年正月十五

ISBN 978-7-308-24610-1

9 787308 246101 >

定价：72.00元